2013年中国新诗排行榜

谭五昌／主编

北京师范大学出版集团
BEIJING NORMAL UNIVERSITY PUBLISHING GROUP
北京师范大学出版社

图书在版编目(CIP)数据

2013年中国新诗排行榜／谭五昌主编．—北京：北京师范大学出版社，2014.8
ISBN 978-7-303-17644-1

Ⅰ.①2…　Ⅱ.①谭…　Ⅲ.①诗集－中国－当代
Ⅳ.①I227

中国版本图书馆CIP数据核字(2014)第144623号

营销中心电话　010-58805072　58807651
京师心悦读新浪微博　http://weibo.com/bjsfpub

2013 NIAN ZHONGGUO XINSHI PAIHANGBANG

出版发行：北京师范大学出版社　www.bnup.com
北京新街口外大街19号
邮政编码：100875
印　　刷：三河兴达印务有限公司
经　　销：全国新华书店
开　　本：170 mm×240 mm
印　　张：29
字　　数：300千字
版　　次：2014年8月第1版
印　　次：2014年8月第1次印刷
定　　价：45.00元

策划编辑：刘　畅　　责任编辑：刘　畅
美术编辑：袁　麟　　装帧设计：红杉林文化
责任校对：李　菡　　责任印制：马　洁
营销编辑：张雅哲　　zhangyz@bnupg.com

《2013年中国新诗排行榜》编委会

2013 年中国新诗之一瞥*

谭五昌

2013 年的中国新诗基本延续了近几年的创作格局与美学风貌，呈现出多元化、丰富性的创作路向与风格特点，在整体平静而稳定的艺术态势中凸显出 2013 年度中国新诗创作的实绩。综观 2013 年的中国新诗写作，大致可以归结为五种美学向度与艺术追求，下面结合相关的诗人文本来对 2013 年的中国新诗予以全面而简要的印象式概述。

向度之一：对时代境况、现实遭遇与历史记忆的诗性书写

诗人是否面对时代、现实来发言，一直成为当代诗歌写作的重要伦理问题与诗学问题之一，当宏大叙事作为一种过时的美学原则被当下许多诗人自觉或不自觉地放弃，当诗人们过度沉浸于历史的个人化与碎片化写作而导致其作品精神视野不够开阔、社会情怀相对匮乏的时候，一种与主流意识形态并无必然联结的宏大叙事在当下诗歌写作中的出现，就有其诗学与社会文化学层面的合理性意义与价值了。部分当代诗人对我们这个时代中的重大社会问题，包括诗

* 注：因篇幅所限，序言内容做了一定程度的删节

人自身在内的人们现实生存的遭遇，予以了充分的关注，并自觉将其作为诗歌的题材与主题，体现出他们超逸常人的社会责任感及背后隐藏的人文情怀。对重大时代命题、社会现象与人类现实生存遭际的及时发声，很大程度上也体现出了诗人的灵魂良知，因而这一“外向性”的写作倾向与美学维度不能否弃。从诗歌写作的角度看，诗人着力处理的是时代经验与集体经验，而非个人经验(当然不能在两者之间作截然的区分)，因而他们的作品常常唤起读者普遍性的时代记忆与社会情绪记忆，诗人们有意无意地为时代留下了一份诗性的文字记录。

在彰显2013年度诗歌的现实品质这一美学向度上，不少诗人有着值得称道的表现，他们不仅着眼于重大的社会事件与时代病症，而且更加关注自己及他人的现实生存境遇，以此标举诗歌的现实介入能力与美学特质。与此相反，部分诗人则把目光后移，侧重于历史记忆的打捞与书写，当然，在具体写作过程中，诗人往往是通过个人记忆的方式来切入某一段历史。在此必须指出的是，诗人对历史题材或历史记忆的书写，并不意味着它在审美经验上是滞后的；相反，它常常具有经验的现实感或当下性，简言之，诗人们常常借助历史题材的书写来传达现实体验，或者说，是用当下的经验来激活历史经验，因而，我们在这些贴上“历史题材标签”的诗作中往往能够感受到一种超越时间的强烈审美共鸣。

向度之二：回归内心世界的人性写作与神性写作

与对时代、社会、现实的外向性关注有所不同，许多诗人在创作中对自己及他人的灵魂状态与精神状态非常关注，他们试图通过诗歌的方式完全回归并审视自己的内心世界，因而他们专注于生命体验本身。由于体验的内容不同，可以区分为人性体验与神性体验两种体验形态，对应为人性写作与神性写作两种写作倾向，这种“向内转”的写作方式大大拓展了诗歌的表现领域与审美经验的深度与广度。

人性写作建立在对于人性的真实性与丰富性的艺术化展示的基础上，在传达真、善、美的艺术使命中以真为基石，兼顾善，美次之，追求灵魂的真实呈现与情感表现的力度是人性写作的要义。已故诗人韩作荣的《自画像》堪称人性写作的典范性文本，诗人在作品中把自己真实的灵魂状态完全袒露并做了鲁迅式无情的自我解剖，他如此评价自己——“我是肮脏的，指甲一样坚硬的思想/藏污纳垢/即使剪去它们/又会偷偷长出来”，同时又这样表白自己——“自然，我也是高傲的/我的骨头坚硬，可以碎裂，绝不弯曲/我肮脏的血肉，宁可交给火焰/也不留给蛆虫”，由此生动勾勒出诗人真实、复杂而又血肉丰满的灵魂画像。

与人性写作构成对应关系，神性写作在时下也颇为盛行。神性写作建立在人性写作的基础上，是对人性体验的升华与提纯，简单说来，人性体验是一种包含有原罪感的丰富性生命情感体验，而神性体验则是一种以宗教敬畏感为基础的生命情感体验，神秘性、纯粹性、庄严性、宗教性是其主要的情感体验特质。因而，神性体验是人性体验的跃升阶段与至高境界，体现为以善为核心的真、善、美价值的全面融合，神性写作的独特价值由此得以充分彰显。作为一位神性写作风格一向极为鲜明的诗人，吉狄马加此次为读者奉献了《圣地和乐土——写给海东的诗句》一诗，诗人以庄严的歌吟性调子，展示了青海东部土地的辽阔与神奇，诗中写道：“在那里。星月升起的时间已经很久，/传说净化成透明的物体。/这是人类在高处选择的 /圣地和乐土。”带给读者的是灵魂洗礼般的阅读感受。

值得指出的是，神性写作这一写作向度在 2013 年度有着非常令人瞩目的表现，不仅数量较多，而且整体质量高，体现出对当下流行的日常化、世俗化写作趣味的审美反动，有效维护了诗歌写作的美学生态格局，值得充分肯定。

向度之三：超逸日常叙事的智性写作与形而上写作

进入新世纪以来，为数众多的诗人在其创作中呈现出从日常生活中追求思想的发现，或者说用充满机智思想的感悟来超逸日常生活并照亮生命的智性写作倾向。

在智性写作这一美学向度上，莫非的《呆瓜传》等是 2013 年度中表现较为抢眼的代表性文本。莫非的《呆瓜传》是一个具有规模感的诗片段的组合体，它运用格言警句体来表达诗人对万事万物的独特感悟与见解，例如其中两个片段：“开花都是一样的”，“真理在握的人，往往羞于说话”。这样的诗句引发的是读者后续的思考而非情感的共鸣。

更有一批诗人在智性写作倾向上有所超越，他们不大满足于从日常生活中去感悟、发现某种生活的真理，而是直接以生命与存在本身作为观照、凝思与表现对象，在超验性的想象、体验与书写中，表达自己对死亡、爱情、幸福、命运等抽象命题与精神价值的形而上的体悟与思考，具有纯粹的哲思色彩或玄想意味。简言之，形而上的写作向度的存在是以哲学、宗教学与精神现象学为背景的，它无疑极大地提升了当代新诗写作的精神层次及艺术品位，树立了诗歌写作的终极性方向与目标。

向度之四：对应于事物的词语写作或修辞性写作

众所周知，诗人的焦虑很大程度上来自于对语言本身的焦虑，而语言(词语)意识的自觉也是诗歌本体意识自觉的重要标志。自上世纪 90 年代以来，中国当代诗人对于被表现的事物与作为表现媒介的语言的关系，已经具有深刻的认识，并将这二者的关系用“词与物”来加以简洁而精准的概括与命名。同时，许多理念先进的优秀诗人在诗歌写作中特别注重修辞效果，注重词语在具体文本位置中的排列组合，注重词语的命名功能，最终呈现出对于词语本身的丰富想象力。进入新世纪以来，这种对应于事物的词语写作或修辞性写作作为一种美学向度一直广受诗人的重视，并在相当程度上成为评判一个诗人的写作先进抑或滞后的重要标准之一。

2013 年，有一批诗人在他们的诗歌写作中充分彰显了他们对于词语的敏感把握、运用及表现能力，往往一个词语就成为诗人的创作灵感与动机，而事物就在词语的召唤与命名下呈现自己内在的秩序。通过词语，我们能够真切地触摸与感知这个世界，并建立起与这个世界的精神对话关系。

向度之五：地域性写作或地方主义写作

在当下，随着全球化时代的来临，我们的写作置身于全球化语境之中，为了凸显中国诗人的文化身份及写作的有效性，对中国经验与本土写作的强调就成为中国诗人无可回避的艺术伦理。具体到当下中国的诗歌写作语境中，则必须强调一种地域性写作或地方主义写作，即诗人的写作须立足本土，深入挖掘本土生存体验，并在作品中自觉地融入本土的风土人情与审美文化经验，使得每位诗人的创作因充分传达地方性知识与地域性生存经验而具有独特的文化精神价值，进而产生独特的艺术感染力。

近几年来，关于地域性写作或地方主义的写作，诗歌界已达成了一种共识，有不少诗人自觉地进行着写作实践并获得了比较广泛的认可。在地域性写作的诗歌文本中，地域文化元素(包含民族审美文化元素在内)是其突出的艺术表征，由此构成其独特的审美文化气息与价值。例如，来自广西的诗人汤松波在诗作《过苗年》中把广西苗寨人过年的民情风俗予以了生动的描述，来自海南的诗人王凡与李孟伦分别在其诗作《渔火》与《让天地澎湃》中对南海风光及渔民的艰辛生活进行了艺术化的表现。

除了前面提及的五种诗歌写作向度(它们内部之间难免存在交集与重叠之处)，还有不少诗人坚持传统的审美写作向度，如庄伟杰的《水，绵延的眷恋》、曾凡华的《诗之孕——贺鲅鱼圈北方诗歌创作基地揭牌》等一批诗人的诗作，整体上具有较高的艺术品位与质量，它们以对诗歌特质的坚定维护与弘扬，滋润着人们日渐干枯的情感与心灵。

限于篇幅，本文对于 2013 年度的新诗写作格局与美学面貌只能进行宏观的粗线条扫描与简要评价；同样，拘于自己有限的视野，不少诗人的佳作肯定有所遗漏。但是，这份并不非常全面的年度总结性文章，却让我们对 2013 年的中国新诗拥有一个良好的印象与期许，因为有那么多优秀的汉语新诗作品在刚刚流逝的一年时光中沉淀下来了。

写于北京京师园

2014 年 6 月

目录

二月

三月

71	谭克修	父亲
72	寒 烟	四月：根的醒悟
73	海 啸	像死去一样幸福
74	梁雪波	那年夏天的绿皮自行车
75	李轻松	在群山之上
76	哨 兵	泪
77	吴投文	空白
78	罗 铖	我要喝光我自己
79	杨 罡	纸
80	杨章池	气候转凉，秋天回到内心
81	陈小虾	老裁缝
82	苍 耳	水泥管子
83	关 雎	我的字母葡萄
84	惠 子	静物
85	李晓旭	七夕
87	林新荣	黑暗中的行走
88	刘 频	1945年早春：写日记的布劳恩·爱娃
89	柳 沄	雨终于停了
91	罗 雨	我并不在这里
92	刘芝英	守望冬天
93	李东海	禾木之夜

四月

五月

六月

七月

八月

九月

十月

341	郭建强	星宿海：宿命
342	南　子	清晨
343	庞清明	出口
344	董迎春	语言的病房
345	杜绿绿	头发里的眼睛
346	胡　弦	蓝色山脉
348	盛华厚	来到德令哈
349	曹　谁	星宿海：宇宙的倒影
350	蒋志武	火，脚步
351	金铃子	尖刺
352	水　笔	今日死于明日
353	赵玉丽	离离原上草
354	周　兴	慢生活
355	左　岸	凭栏处
356	李　壮	挪威高原印象(外一章)
358	孙大顺	垂柳
359	陈国华	圣地拉萨
361	灵　鹫	沙化
363	谢克强	一个词
364	罗　晖	幻觉
365	吕天琳	为一只蝴蝶打开旷野
367	郑婉洁	雪

十一月

392	刘少柏	铁环　桑叶的墓地
393	谢湘南	眼泪
394	熊国华	猪族漂流记
395	雪丰谷	那个亲戚，那个字
396	杨　邪	那些梦
397	黄礼孩	给飞鸟喂食内心的彩虹
398	阿苏越尔	喜雨
399	樊晓敏	秦腔
400	王彦山	自嘲帖
401	张　尔	寄海南
403	三色堇	劳动者
404	徐　江	朋友

十二月

407	潘　维	嘉峪关
409	黄亚洲	贵都高速：陡坡脚隧道
410	金所军	花朵
411	刘益善	感受华山
413	唐　毅	芭茅花的春天
414	马铃薯兄弟	长腿的姑娘跨过了长江
415	阿卓务林	沾亲带故的人

一月

自画像

韩作荣

我是粗糙的，我的瞳仁已经生锈
让世界变得斑驳，泪水
带有生铁的腥味
粗粝的目光，看你一眼
都会在肌肤上留下血痕
一张铁青的脸、冰冷的脸
羁留着岁月的辙印
和永远洗不去的风霜
我是肮脏的，指甲一样坚硬的思想
藏污纳垢
即使剪去它们
又会偷偷长出来
我想洗刷自己
可我无法洗去欲望和焦虑
一个泥做的人，被水浸润
永远也无法净洁
我是卑劣的，纵然我不想扯谎
可我隐藏和逃避
不想道貌岸然，但却胆怯、虚弱

我的心跳来跳去

血管已捆不住心脏

自然，我也是高傲的

我的骨头坚硬，可以碎裂，绝不弯曲

我肮脏的血肉，宁可交给火焰

也不留给蛆虫

原载《诗志》2013 年第 1 期

在去涠洲岛的船上

张洪波

海面的浪很大
船摇晃得厉害
杜渐坤先生纠正我的感觉
——不是浪的缘故，是涌

娜仁琪琪格开始晕船
看来马背上的民族
还没有找到驾驭大海的方法

施施然说
看着远处的海平线
就不会晕船了

我相信了这个说法
就一直看着遥远的海平线
还往更远的地方做了一段联想

原载《诗林》2013年第1期

结 局

商 震

一场秋雨冲走了闷热
风送来冷峻

一只蚊子在我耳边经过
我立刻警觉地进入战备
蚊子，看都不看我
径直地向南飞去

蚊子并没改掉嗜血的本性
它是看到了苍天的追捕令

原载《人民文学》2013 年第 1 期

母　亲

江一郎

记不清抱过多少女人
却不曾抱过最亲的人
长这么大，我好像一直被她抱着
现在，我要抱抱她
抱抱这个被疾病
折磨得只剩下一副骨架
瘫在床上的老女人
我要抱她，将她抱到阳光下
我要陪她晒晒太阳
如同一个听话的孩子
她闭着眼睛，脸上
漾动幸福的光影
我抱着她，但她那么轻
让我怀疑，抱在怀里的
不过是一条旧床单
我走出户外，春日的阳光如此暖人
可我害怕，一阵风过来
她真的像一条旧床单
被轻轻吹走

我抱紧她，不肯放下

一滴粗浊的泪，忍不住

砸在她的额头

她，一下子睁开了眼睛

原载《作家》2013年1月号

巧　遇

胡刚毅

那晚，街上碰到失踪多年的老友阿书
仿佛童年一黑夜捉迷藏
他突然主动走出藏身的柴垛
让我一把抓住了满怀的惊喜

多年不见，他的消失
就是一次捉迷藏至深夜
不见的，第二天醒来也未见
他随朝霞一道从地平线上出来
今天，他却像一枚明月冷不防
撞了我一个趔趄，撞痛了我的心

紧紧抓住老友不愿松手
生怕他再一次神秘走失
云深不知处的岁月啊

原载《创作评谭》2013 年第 1 期

一只黑色甲虫

冯 晏

飞机墙壁上，一只黑色甲虫
在爬行，孤独的灵魂正翻越
机舱凸起的灰色边沿
前方是头等舱，空隙处
我看见一位绅士，身穿白色衬衣
甲虫似乎要攀登这座山峰
此刻，乘客正统一用餐，唯有
甲虫没有食品，它的天堂
就是云上高空。而对于我们
这只是段旅途。夏日
它下地狱的伙伴们，卷缩在
玫瑰根部周围，一堆黑色淤泥
时而发出呼喊，时而去枯萎的花瓣上
哭泣，或观看末日，细胞
隐藏在生活阴影里。两点四十分
飞机下降之前，这只甲虫
就要登上肩头，它征服了岩壁
就像我在韩国攀上了雪岳山
这是谁的灵魂？只有一只甲虫大

死后还在向物质攀爬，心脏
小小的黑色，加快跳动。空客 321
对于甲虫，就像宇宙飞船
它是被选上的幸运航空员
正在游历太空，神秘和惊奇覆盖了功利
这是谁的精神？一只甲虫大小
死后还如此清醒，选择了逃亡

原载《诗歌手册》2013 年第 1 册

牧羊人的早晨

大 枪

早上的草原
像一把釉色很薄的奶壶
牧羊人只抿了一口
就白了黑了一夜的蒙古包

邻家的犬或早起的炊烟
熟悉得连招呼都免了
许多许多月亮
圆圆的在叶尖上滚动

牧羊人从不在早上吆羊
只让草香牵引着羊群
一会儿工夫
羊群上了天

选自作者博客，2013年1月

失眠者的墓志铭

晓　音

从这里走过的人：

如果你是早晨路过我就问候你：早上好

如果你是正午路过我就问候你：正午好

如果你是黄昏路过我就问候你：黄昏好

如果你是晚上路过我就告诉你：晚上非常不好

选自作者博客，2013年1月

带着大葱上北京

霍俊明

我能够看出，母亲很高兴
菜园里的青菜和西红柿就是母亲的早年
水流过沟渠
那里有不容易发现的浅壑和缓坡
父亲的铁锹已经禁不住老花眼的疲累

母亲在整理那些大葱
一棵棵放进薄薄的红色大塑料袋里

如今这些大葱已经跟着我上路
它们将陪伴我 400 华里的行程
步行，然后是汽车，然后是和谐号动车
然后是北京的地铁，公交车，黑摩的

带它们上十八楼
打开它们时，它们的根须上还有些泥土
是母亲的老花眼放过了它们

而我多么感激这些葱白上黑色的泥土

它们和我一起来到北京
它们在乡下已经有成千上万年的岁月
可现在，它们再也回不去了

不久的黄昏它们将被我洗掉扔到楼下的垃圾桶
或者更干脆些，直接冲进城市的下水道

原载《诗刊》2013年第1期

伦布什则

林　莉

黑夜掠过的伦布什则
一根马骨吹奏出天空的霜雪和
大地的风暴，夜行人内心一段漆黑的路
撒着一层细碎的白盐……

伦布什则，尘世寂静凝重的一刻
葵花迎风，金色的罗盘指向北
牛羊睡去，做晚课的僧侣念出最后一句经文
唯一的格萨尔王已化作灿灿星斗
只有伦布什则暗中生长，上升到不可轻易碰触的
……诸神之巅

原载《诗刊》2013年1月号

鲁沙尔镇的灵魂(外一章)

黄恩鹏

坐落在青海鲁沙尔镇的塔尔寺内，有一株古旃檀树，传说佛陀幻化诸多物象于树叶教化众生。

我站在这里：听晚归的云朵说着雨水。听飘荡的桑烟说着塔尔寺和宗喀巴大师。听古旃檀说着众生的祈愿。我渐渐忘了自己：我到底是谁？我的生命为何如此轻盈？哪一脉水光里有我不散的生命绝响？我被天地巨大的言辞击中。悲伤啊。我被一种悲伤质问：今生。来世。我有多少宿债尚未偿还？我无力抵抗，也无力救赎我倒塌的仓禀。我试图生出枝叶开出花朵结出果实，让腐朽之躯复活成婴孩……鲁沙尔镇，灵魂的纯净上天入地。我这个凡夫俗子，能否抵达这博大无边的恩泽之河？我只有不停向着肉体之外逃亡。可是灵魂呢？我焦急地呼唤自己的灵魂，轮回的阳光在离我不远的地方静静流淌。我将身子贴近大地，请求亡灵的宽恕；我将心灵开成古旃檀树的叶子，请求佛陀的恩典。请给我一捧圣水吧，我如此饥渴！我虽然难成为阳光，就让我匍匐在一盏酥油灯的光焰里。哪一声羯鼓，能叫醒我藏在树叶里的来世？

我有时内心是荒芜的

无法睡眠！我被一些声音惊扰，有如黑色森林被浩大洪水劫持无处栖身的老鸦。让我期待的纯净在荒滩搁浅。这些沸反盈天来自一个角落：一些人商议将鱼送给太阳。可是鱼死心塌地恋着河里的月光。这些人便向鱼挥动刀剑。肉体和肉体对抗。心和心对峙。灵魂的故乡丢失了安详，精神的花园长满了荒草。尽管月亮磨刀霍霍，却无力阻挡这些穷凶极恶的残匪。我和鱼群负轭而行。我和鸟儿凭借梦想活在一个无法飞翔的时代。我的忧伤如同杂草填满了天空的裂缝。而夜晚，也无法让我做一个纯净的梦。我与谁结怨？我与谁的交往中断？荒芜啊，荒芜的绳子套牢了我的脚，我必须时刻挣脱。山顶上，蓝色的大海追赶云朵。黑夜把白昼当成了绵羊。我和谁的影子一起逃遁？此刻，我倍感忧伤的那株大树突然背叛了我。一些草为落叶哭泣。而我，无力帮助那些被风埋葬的落叶。悲剧的制造者们，已将我的粮仓抢掠一空！

原载《诗歌月刊》2013 年第 1 期

山居之夜[①]

刘以林

青草醒了，在夜里，它拔节的声音
如玉米一粒一粒落入井中

星星下垂，有一颗潜入草丛
它摸着露水、蚂蚱、蟋蟀
一阵鸟声，一阵访问的风经过山坡
它跌了一跤，石头向后慢慢退去

今夜，我深处的门轻轻转动
打开，最小的月亮坐在里面
最小的光照着最彻底的安宁

我的深处是暗蓝色的
就像此夜，它的上方
我一生积累的星星突然打开了天灯

原载《审视》2013年第1期

---

① 注：一个人在好望山庄，它像海岸常把峭壁送到海的最前沿一样，也常把我送到山的最前沿，尤其在夜里，它会用只有老子和释迦牟尼才能看见的寂静把我漂浮起来，让我一次又一次看见热泪盈眶的安宁。

地平线

石　厉

地平线上无数的线
穿过黎明的针孔
将无法弥补的裂痕慢慢地缝合
唉，远方扯紧了我
明亮和阴沉的日子扯紧了我
一个人真诚宽容的笑扯紧了我
我是由无数线索织成的网
被我的未来攥在手中
正撒向一个模糊不清的海面
暗礁可能将网扯住
不断的清理中
也难有收获
只有无数刀子一样涌来的波浪
又一次让人在伤感中
陷入低谷
陷入无边无际的纷乱

选自作者诗集《走向彼岸》，2013 年 1 月

事物，或后退的羊群

凸 凹

那么大的草原，那么多的羊群
在后退——大鸟倒飞，河流反奔，骤雨
逆降，还是像房子在地下比高？当一队摩托
一群响马，追上并两分羊群，中穿而过
我看见后退的
脸、棉田和黑夜的昼。当飞鸿、当疾风
当流岚出现……当野狼纵出山谷，闪回绿光
羊群开始以正走的姿势后退
当大河、当断崖、当毒瘴……当前方
更大的草原，被同类吃进更大的胃腔
——所有羊群都在后退：都在以慢的方式
快速后退。这样的生涯
可攀上斜刺里杀出的时间
等来三千年前的宫殿和情人
那么多羊群——大海波涛的羊群
天空云彩的羊群，笔画顺写的羊群
在后退——这后向的前行
这倒行逆施的思想
多么恐慌、广大、无休无止……多么古老

原载《绿风》2013 年第 1 期

黄　昏

姚　辉

聆听吧——花朵在远远的坡麓上颤动
请聆听一个日子最后的暗影

请从尘埃堆积的岁月中抽出身来
聆听枝丫高擎的空旷——
一只鸟　代表着所有飞翔的声音

请聆听大地深处的那些骨头
久违的天色渐次出现
请聆听翻越生命的种种可能——
行色匆匆的歌者为谁流泪

请聆听草根间闪烁的幸福
天堂即将入睡
请聆听一片梦境可以容忍的快乐与震惊

原载《西部》2013年第1期

岁月锈走了比我美丽的人

陆　群

我曾经闪烁过，岁月锈走了比我美丽的人
我相貌平平，不是任何人头顶上的星辰
还在往这边匆匆赶路的人
别来打扰我了，我承受不起陌生的爱
我已安于现状和一只红泥小火炉
还在往这边匆匆赶路的人，回去吧
白雪已覆盖我的裙裾，接下来
将是我的膝盖，衣袖
还没来得及合上的《圣经》
以及盖到胸口的风沙
爱啊，当你们抵达一个平凡女人的晚年
她已垂下睫毛，彻底安静

原载《诗潮》2013年1月号

你不是大海

金 迪

生命中一定要有火燃烧
而已经燃烧成灰烬的记忆还能再长成森林吗
亲手点燃的那双目光没过多久就熄灭了
太阳和月亮总不会熄灭
所以我不能不用生命歌颂美丽而坚固的太阳和月亮

是的　蓝天会突然变得乌云翻滚
可大雨滂沱后还总是滂沱的大雨吗
太阳一定会升起来的
月亮一定会升起来的
只要你的惩罚不是拿走生命
那就让我河流般地生活

你不是大海
就别跟我讨论归宿

原载《诗品》2013年第1卷

二月

浮　云

子　川

调匀气息
把那片浮云
放在山峦与山峦之间的峰谷
你放下飘浮不定的心

手边是一支画笔
画笔边上，是缤纷的颜色
绷得紧紧的画布

也许压根儿与绘画无关
只是一个记忆
一个情感的误会

那片云，在头顶上方
盘旋了一小会儿
像一枚种子播下去，渐渐长成
再昙花一现

你看不见往事前生

满目青山绿水

你只知道生命是那么短

短得难以置信

原载《芳草》2013年第2期

爬 山

田 禾

爬山，就是想登高，就是想远眺，
就是想和一些草木站在一起。

山路弯多坡陡，偶有石头绊脚。每走
一步，总有一朵野花退到我的身后。

从一座山峰爬到另一座山峰，一朵云
向我压来，我比翠竹多了一顶帽子。

路边的草，齐刷刷绿了，顺着风摇曳，
迟早要被割走，或被牛羊吃掉。

风往低处吹，填满了山谷、沟壑，
人走不到的地方，风都去过了。

再爬，颤巍巍的山像要向我倒来，
而我非得用点力，才能将它扶住。

原载《汉诗》2013年第2期

写　诗

蓝　蓝

在一些词的粉身碎骨里，
你钻出来。

一道宽大的伤口。

从中你用五种方式丈量四季的尺寸，
挑出你的神经元，
并对尚且意义不明的战栗贴紧你的嘴唇。

这一吻
是你全部的爱。

原载《诗刊》2013 年第 2 期

平原的秋天

李少君

秋天，华北的平原大地上
已收割完所有的庄稼
整个田野一望无际的平坦
只余下一栋房子
掩盖在几棵金黄的大树下

白天，屋顶铺满黄金般的叶片
黄土色的房子在阳光下闪闪发光
可以听到鸡叫声、牛哞声和狗吠
还有磕磕碰碰的铁锹声或锯木声

夜晚，整个平原都是静谧的
唯一的访客是月亮
这古老的邻居也不忍心打搅主人
偶尔传出三四声猫语

夜，再深一点
房子会发出响亮而浓畅的鼾声
整个平原亦随之轻微颤动着起伏

原载《大家》杂志 2013 年第 2 期

夜间的一切

陈先发

我时常觉得自己枯竭了。正如此刻
一家人围着桌子分食的菠萝

菠萝转眼就消失了
而我们的嘴唇仍在半空中，吮吸着

母亲就坐在桌子那边。父亲死后她几近失明
在夜里，点燃灰白的头撞着墙壁

我们从不同的世界伸出舌头。但我永不知道
菠萝在她牙齿上裂出什么样的味道

就像幼时的游戏中我们永不知她藏身何处
在柜子里找她
在钟摆上找她
在淅淅沥沥滴着雨的葵叶的背面找她
事实上，她藏在一支旧钢笔中等着我们前去拧开。没人知道，
连她自己也不知道

但夜间的一切尽可删除

包括白炽灯下这场对饮

我们像菠萝一样被切开，离去

像杯子一样深深地碰上

嗅着对方，又被走廊尽头什么东西撞着墙壁的

“咚、咚、咚”的声音永恒地隔开

原载《安徽文学》2013 年第 2 期

第二次路过一棵树

樊建军

第二次路过一棵树
树上爬满了寄生的藤条和羞耻
树下是放弃的枯叶和荣耀
看不见的根系和卑微在地下潜行
天地恒久，你熟知的都是见惯的风景
对于一棵树，它所暴露的
远不如它所隐藏的浩荡

选自作者博客，2013 年 2 月

黑花朵传奇

漠　血

1

你是太阳的落瓣　还是星星的泪滴
黑花朵　沉寂万年的宝石突破地表
大地心底　是否留有英雄侠骨的余温
历代宝剑纵横的疆土　我们的家园
祖先耕过，敌人踏过，杜鹃花层层飘落过
黑花朵　在智慧的深处与生产力的前沿盛开

2

现代的传奇逶迤而壮美　黑花朵
巨人说　把江南的体温借给塞北一起飞
花开时刻　一座丽都在花瓣里显现
而一夜之间　南方所有的村庄同时长出翅膀
一个独臂矿工单臂拥抱孩子的瞬间
我歌唱一个民族艰难成长的勇敢和沉默

3

黑花朵　黑暗与光明原本如此的团结

黑暗是醒来的光明　光明是入眠的黑暗

我看见　星星与太阳慵倦时的乖巧与冷艳

长江以南　我黑花朵的故乡好美好美啊

乌蒙磅礴红朵朵黑朵朵　凉都图腾金瓣瓣银瓣瓣

黑花朵　盛开劳动人民的饭碗和爱情

选自作者诗集《黑花朵传奇》，2013年2月

过苗年

汤松波

弯弯曲曲会呼吸的石板路
很自然地从村头伸向村尾
在苗家，东张西望的吊脚楼
挂满了金黄的玉米、火红的辣椒
鸡茸饭、腊肉香肠、青菜酸汤
一杯又一杯自酿的米酒
早已引得满堂香

过苗年，尖尖的牛角里
纵情飞扬着祝酒歌
过苗年，长长的桌子板凳哦
拉长了苗家人敬酒的规矩
今天我要吃一吃苗家的“串串饭”
在苗家敬酒的规矩里
来它一个不折不扣的不醉不归

祭祀祖先，寨子里的鞭炮声不绝于耳
芦笙领舞，恋歌飞溅
过苗年，风雨桥上，女子盛装披银

胸前佩挂的银锁哪，要锁住
丰年的景象，爱情的模样
腕间挥动的银手镯哪
就是她们心里的银月亮

原载《星星》2013年第2期

催眠师让我看到了往昔

从 容

她被画进宋代的墙壁
用一面铜镜挡住一千年后的我

一千年前她把白绫系在梨树上
今生的我痴心长跪
嗡嗡刺痛

水晶吊灯里的蕾丝女人
被我仰视得太久
落下触摸不到的灰尘

原谅我　在万年历里
制造了万起乐此不疲的
故意伤害

原载《中国诗歌》2013年第2期

河　流

柏明文

大地上有很多河流
其中一条　是属于我的
在河边走着　任何事情都会出现
一个人的精神世界如此寒冷
但是身体却向往着温暖

我恨自己在河水中看到了
曾经的哀怨和挣扎
而河流却始终记着
一个人的好和坏　良心和愧疚
漫长的旅途
还有很多事情难以预料
可是我不再孤单
无论经历多少痛苦　都已坦然

相信命运　相信轮回
也相信河流最终会还给我
一根白色的骨头
为此　我愿意保持沉默
直到乌丝变成白发

原载《山东诗人》2013年2月

路边的苦楝树

江　非

路边的苦楝树，你站在这里干什么
你站在路边，已经好久没有到旷野里去了
独自啜饮着根和根上的故乡
你不知道旷野里已经更加荒凉
因为人迹罕至
旷野里有一只老虎已经死了三天了
仿如一朵在节日的黄昏凋谢的花
荒凉空旷的荒野上，有一个孤苦的死者
死在了那里
它的躯骨形成了自己
独立、斑斓、隆起、自由的坟墓
它和你一样，生前也深爱过人类
爱过一株旷野上的苦楝树
路边的苦楝树，此刻我在你的身旁
写下这首诗
这首诗将告诉你
你将回到水星
你和一只动物一前一后地走着
离开草叶渐渐稀疏的田园

这首诗将通过手机短信和一场雨发走
与你一起到达水星上的某座水库
如果错了，你将被送到火星
苦楝树，在火星上你将没有邻居
也没有友谊
你蹲在火星上系鞋带
只身一人，给一只红色的炙热的鞋子
你没有什么话要说
也没有什么斑点值得审视
火星，仿佛一只澎湃的松果
没有松鼠
也没有关于河流与河豚的认识
仿佛有谁去过，什么也没有留下

原载《海拔》2013年第2期

金刀峡

黄化斌

我不是想寻找金刀，而是想
寻找一条，深不见底的峡谷沟壑
抛弃一把，暗藏在内心
多年的，带着杀气的尖刀

我想让它，永远消失在
岁月的最深处，我害怕行走江湖
不小心，伤到别人

面对一座座江山，我不想
披荆斩棘，出峡去参与世外纷争
我只想跟随一条，淙淙流泉
到最幽静处，归隐

我要把，内心这把锋利的尖刀
从我如鞘的口中，抽出去
只留下一颗，柔软的豆腐心

原载《北都文艺》2013 年第 2 期

北京越来越大

胡建文

北京越来越大
我的心越来越小
当年，北漂时夸下的海口
早已被一层又一层
厚厚的雾霾吞没
被一场又一场沙尘暴卷走

世界越来越大
我的梦越来越小
如今的我，在遥远的湘西一隅
教书，编稿，偶尔写点东西
供养着我那比针尖还小的梦想
——活着

原载吉首大学网，2013年2月

逢雪过天安门广场

夏　放

燕山雪花大如席
执勤卫兵军帽上的雪，像雷锋般

纹丝不动；一只灰鸟飞过红墙外
黑黝黝的树枝

远处景物如睡美人般安静
风雪中的旅人斜着身子前行

选自作者博客，2013 年 2 月

熊样子

谢宜兴

是的，它原本属于胆汁质。鲁莽，易怒，
正宗的熊脾气。山林中的黑夜。
而今它有胆无汁。胆量，胆气，胆魄，
这些语词已苦泉水一样流出它的身体。
熊样子，一个萎蔫的词终于有了实据！
什么叫人心似铁？什么叫英雄末路？
当啸傲山林成为被囚禁的愿望，
当终老深山成为不容愈合的伤口，
当人眼中不再有其他生灵，还有什么不可以？
如果榨干它的血性能够扑灭人的肝火，
那么榨吧，就像流脓的股市！
可你说得多么轻巧，“熊”很舒服、没有痛苦。
那么，也在你身上造一根瘘管试试？
好让你知道熊是如何舒服成了熊样子！

原载《青春》2013 年 2 月

金蝉脱壳

蒋芸徽

这是无名的林子。盛产蝉鸣。
除此之外，就是掩盖在小径深处的
无名小庙，以及无名的小沙弥。
方丈无事参禅。像只蝉，抱着丹气
三魂出窍，七魄留在禅坐上。

在渐行渐远的经声中，我见到一只蝉
正演习金蝉脱壳。这可是天大的事
难得的机缘。我正亲眼见证生命的
伟大阵痛与美丽的升华。

小沙弥，在阳光下，脱去袈衣
皱巴巴的赭色内服，犹如揉皱的
木鱼声，这是大不敬的动作
好在菩萨假寐，看不出责备的意思。

人是不可以褪去用旧的皮毛
但可以撕裂虚假的伪装，我想
这也是更高层次的革命。

原载《重庆文学》2013 年第 2 期

将　来

左　右

将来我要这样活过余生：

简单的房子里只有一把木椅，一张云床。珍惜简单的家具

和简单的人。给理想配上蔚蓝的布

多余的东西不要侵进来，包括阳光和有毒的灰。

不买人情，不欠世故。不许车往人来，风轻不必云淡

养一只蜘蛛，辨别遗老的方向。特别允许：织一张干净的网

一张就好。

藏尽古书，度完光阴。吻够爱人睡眼惺忪的唇。

原载《诗刊》2013 年第 2 期

曲终人散

古　马

春色三分，二分尘土，一分流水。

——苏轼

我搂过的肩膀
有时是北极雪
有时是赤道阳光

雪和阳光
结合成初春的流水
流水弯曲
杨柳弯曲

在我心里
弯弯曲曲的美
化作泥泞
化作渐渐干硬的路面

萧瑟旅途
鸦影都不见

终于

我被冻出了热泪

搂搂寒风

寒风是唯一可靠的情人

寒风是我自己的肩膀

原载《诗刊》2013年第2期

诗歌和我

李 南

从陡峭的斜坡向我迎面走来
你和我，相遇在一个尴尬的年代
我们拘泥又凄凉
像秋风和落叶拥抱在一起

不要给我戴上桂冠，只有荆棘
才配得上我的歌声
我对你，充满影子对光的敬意
又好比工匠对手艺的珍爱……

我试图说出更多：山河的美、宗教里的善
人心的距离和哀伤如何在体内滋生
你撒种——我就长出稻子和稗子
我们不穿一个胞衣，但我们命中相连

原载《延河》2013年第2期

安静的女人

倮　倮

安静的女人坐在群山之中
群山一样沉默
在那里，沉默是一种力量
有时她指挥着群山、河流、牛羊、树木
花草、瓦罐和虫子……
以及蜂针尖上的记忆
有时候她背着寂寞伫立在山中听风
风因此有了灵魂
风吹过的地方
一切都有了灵魂
——它们交头接耳
说着山里山外的故事
每一种事物因此被赋予新的品质
我灵魂出窍时听到它们的声音
泪水濡湿了眼睛

原载《花城》2013年2月

这就是二十一世纪

俞昌雄

棉花糖包着少女的心
地标性建筑是新长出来的指甲
狗和很多人握手
从不见主人的表情

深夜里总有人在地图上散步
我紧跟其后，遇见
政治家、野兽和睁着瞳孔的植物
地球在颤抖，人类却一无所知

这就是二十一世纪
天空被搬到地面，乌鸦在裂隙中
飞行。我用羽毛包裹自己
宛如一件历史的遗物

原载《诗歌月刊》2013 年 2 月

白色，黎明之门

苏笑嫣

穿梭林间　我们是浑身潮湿腥野气息的鱼
以光滑鲜嫩的身体打开　通往黎明的
黄昏之门
十月之风伸出冷锐的手指　劈穿
蒹葭的温脉　苇草的孤寒　和
地平线上疏落排列　那根根杨树的
静默的坚定
落日之吻　我们是被捕捉的影子
发丝和叶片迎风　池塘边飞舞的水墨
请驻足　请沉默　听乌鸦咳叫在
秋日光轮的枝头　那硕大浑圆白色耀眼
夕日　可是通往自由之门?
我僵硬的心一阵阵战栗　碎壳脱落
那倾吐的话语　那倾泻秘密般低语的血液
像大片大片的落叶倒流　一瞬重回枝头
麻雀飞起　隐于树林的密语　而
成千的乌鸦笔直坠入池塘　子弹一样
夕阳迸裂的火星落入眼底炙枯的忧愁
我们追赶着挖空　不断降临的黑暗

黑暗从四面八方打开的包袱

我要闯入黎明　闯入黎明白色的太阳

直到太阳　镜子一般融合并碎裂

尖锐冰冷的指针　请不要宣告

乌鸦在水底　沉闷地啼叫着　黑色

原载《诗建设》2013年第2期

残缺之痛(外一章)

王幅明

在巴黎卢浮宫，看到过断臂的维纳斯。人们说，这是残缺之美。

在吴哥古城，看到遍地是残缺的石门、断墙、石像，也有断臂的女神，可是，我从中怎么也看不到美。

是的，我的确也看到了美，且令人震撼：举世闻名的高棉微笑，吴哥寺圣洁的莲花佛塔，飘然欲飞的仙女雕像，长达八百米精妙无比的浮雕回廊。但是，它们都不属于残缺之美。

吴哥古迹的大多建筑已成废墟。当年完整的王城，那些永远消失了的宫殿、神庙，只能靠有限的联想去补充。

走出吴哥，看到活生生的残缺。

一个残疾人的演奏团在路边演出，乞求施舍。他们原本都是健康人，在田间劳作时误碰了地雷，成为无辜的受难者。

我感受到揪心的残缺之痛。

历史的残缺和现实的残缺在此相遇。

它们都缘于同一个恶魔：战争。

原载《散文诗》2013 年第 2 期

西湖漫步

袁剑虹

一个脸盆，装着天空的泪
听不到哭声

我为这泪水倾尽所有
足迹，目光，内心的悬念
裸如明镜
挂在泥土的墙壁
灵魂是水做的奇葩
一刻也不会凋落

当微波荡漾于水草
风的讲座从草地开始漫向湖心
一条鱼的泳姿
取代一只鸟的飞翔

它们的展示被什么包容已不重要
西湖，夜的尘埃了无痕迹
蝉娘，在枝叶间练声
影子搀扶影子，脚步踉跄

我的两手空空

选自作者博客，2013 年 2 月

三月

必要的天使丛书

臧 棣

到处都是迷宫，但医院走廊的尽头
却有迷宫的弱项。天知道
我为什么喜欢听到他
像买通了死亡的神经似的轻声叫喊：
还有租船的没有？其实，
他想说的是，还有租床的没有。
但由于口音里有一口废弃的矿井，
每次，病房里所有的人，都把租床
听成了租船。一晚上，十块钱。
行军床上，简易支撑起粗糙的异乡。
快散架的感觉刺激着我
在黑暗的怪癖中寻求一种新平衡——
肉体的平衡中，波浪的平衡
后面紧接着语言的平衡，以及
我作为病床前的儿子的眼泪的平衡，
而灵魂的平衡还远远排在后面呢。
上半夜，我租的床的确像船，
而且是黑暗的水中的一条沉船。
下半夜，我租的床像一块长长的砧板，

很奇怪，睡不着的肉并不具体。

我的父亲刚动过大手术，他的鼾声像汽笛，

于是，在福尔马林最缥缈的那一刻，

每个黎明都像是一个港口。

而我作为儿子的航行却还没有结束。

原载《飞地》2013 年第 3 期

一位美轮美奂的小诗人之歌(节选)

陆　健

我对自己说：吉约姆，是你来的时候了。

——(法)吉约姆·阿波利奈

阿波利奈能来，我当然也能

我的天职是塑造一个当代诗人的形象
我必须千百次地打碎、塑造我自己
古往今来来过无数人，他们中的

许多人自从来了，再也没有消失过
他们哭、笑、得意、痛不欲生，曾经
忧虑或嘲笑我们。他们是我们的亲人

又与我们毫无关系。他们高大伟岸
有时又会从我们的指缝间漏走
他们用话语堵住我们的嘴巴

“我”的含义

我就是我，不是昨天的我
不是未来的我，不是一个

概念、定义，是一个肉身

说我长着一个铁制的头颅
木制的躯干与双手，泥坯
堆成的腿脚，我惊讶，我反对

我有着亚洲人的正常体魄
除了心肠有点软，浑身上下
硬邦邦的，生殖力旺盛

我的主食是面粉、稻谷、玉米
儒家和道家的笔墨。通过翻译
品尝面包和西方文化的滋味

我是农耕文明的产物，被机器
快速裹挟，一头扎进计算机里
小心翼翼，护住自己的软肋

在他人面前把我的优点尽量放大
我是暴政的敌人，同时又是
一个温良的托尔斯泰主义者

原载《中国诗歌》2013 年第 3 期

鲸　鱼

阎　安

住在沙漠上的人　眼看着许多湖泊在身边死去
他的眼睛是深蓝色的
眼睛像海水一样澄澈深邃
他和他　被巨浪般起波的沙丘分散在各处
他们是没有邻居的
他们一辈子很少言谈　偶尔相遇在一起
会谈论到终生未见的大海
他们谈论大海和鲸鱼
那黑压压的黑蓝
鲸鱼惊人的白
以及军舰般秘密地潜行

住在沙漠里的人很了解大海和鲸鱼
住在沙漠里的人在相互谈论
一座大海和一群鲸鱼准确的死期
以及死亡之后　在绝望的礁石上
由于一条美人鱼的歌唱
那些大海和鲸鱼，仿佛睡醒一样
重又犹犹豫豫复活的样子

原载《陕西诗歌》2013 年第 3 期

我从台北走过

伊　沙

歌里唱得不错
“冬季到台北来看雨……”
迎着冬雨
我从台北走过
每根街灯的灯柱上
都插有一面旗帜
青天白日满地红
我从吉林路拐入松江路
我从陕西路拐入汉中路
信步走过台北
就是走在一张中国地图上
那秋海棠叶形状的中国啊
我一脉相传的故国
我雨打风吹的前朝
我走在我眼中
犹如电影布景般的街道上
望着店铺幌子上
我写不了但认得出的
繁体字

在这里

我找到了生我父亲的陪都重庆

在这里

我找到了生我母亲的旧上海

在这里

我找到了祖父母相遇的

五四时代的北平

不用我感受

台北无言地告诉我：

“此处珍存着你的父母之邦！”

原载《读诗》2013 年第 3 期

秋天的树木

潇　潇

逆着死，我在秋天种下树木
泥土下的躯体，抬起头
请接受一个生者用悲歌和来世忏悔
这个星球，苦难与良心
一步之遥：生和死
你们塞满喉咙的哽咽，抗议
这个梦想征服宇宙的偏执狂时代

树木的根轻轻地接近
每一次触摸都带着泪珠
每一次亲吻都平静地发光
秋天的树木把人间、地狱、天堂
终结地抱在一起，浸透了苦涩的嫩芽破土
抽取绿色的血液，包扎人类的伤口
生命扑向死亡，弯弯腰
换上新的外套，继续往前

原载《诗选刊》2013年第3期

白银时代

娜 夜

我读着他们的诗句　他们做诗人的
那个时代

逮捕　处决　集中营

雪花兄弟的白袍
钟的秘密心脏
俄罗斯　有着葬礼上的哀伤

死对生的绝望……

黑暗　又意味着灿烂的星空：
那些秘密
而伟大的名字

意味着一个时代：小于诗

原载《扬子江》2013年第3期

大海为什么还在咆哮

姚　风(中国澳门)

遍地都是残破的贝壳
你对我说，这些是失明的眼睛
那些是失聪的耳朵

而我的五官多么健全
因为和你在一起
我对这个世界再没有怨恨
只有倾听，凝视和领受

但大海为什么还在咆哮
我看到大海一次次站起来
卷起浪花的袖子
在礁石上不停地磨刀

原载《镜海诗刊》2013年第3期

父 亲

谭克修

你执意出院，赶在年前躺回熟悉的床
你稳住身子坐在背靠神龛的位置吃年饭
你抿着锡壶里的烧酒，感谢幸福的晚景
你笑我花钱如流水，又转身向财神爷祈愿
我永远有流水一样花不完的钱
三天后，你留给老妈最后一句话
床头的上衣口袋，还剩有 300 元钱
这些是让你觉得幸福的晚年岁月
的最后片段。离我最近的片段。已过去八年

再过若干年，当人们陆续离开村庄
我想从那光荣的城市返回这里
躺在当年你自己选中，你已经躺过的墓地
让那坟底的碎石扎我，让我在地下
向你学会抽旱烟，喝烧酒，打骨牌
学会木工，种地，砍柴，驯牛
学会扳着指头过日子，一起去鸭田赶集
夏天卖辣椒西瓜，秋天卖凉薯芋头
冬天卖萝卜白菜，买点你喜爱的猪下水
再带我去老供销社相亲，去瞎子那里算命
直到把这个日渐陌生的村落变回原来的样子

原载《十月》2013 年第 3 期

四月：根的醒悟

寒 烟

四月，发情的大地汹涌着
与每一粒种子结合的原始欲望
我听见万物贪婪地生长
繁花缤纷的喧嚣，即将湮没——
一座新坟在麦地里凄然隆起的荒寂

和着泪雨，把你送入
悲痛掘开的深土
让你那扎向来世的根
扎向生生不息的源头
从此，在四季起伏和五谷摇曳的深处
收获你悲喜交集的重生

四月的麦田躺着，哭泣着
松弛，柔软……
而我生命的田畴，已被死亡的犁
深耕：一垄垄闭合的犁沟里
埋着我那永远哭喊不出来的疼
那永在沉痛中沉降的——
断层的刻度

原载《诗潮》2013年3月号

像死去一样幸福

海 啸

鸟儿在
一扇玻璃窗的对面
飞雪般的模样
有人伸出了
手掌，佯装成
狂草之脸

那些积压着的火
火中日益冷却的骨头
跟随陨石下坠
湖面上奔跑的蚂蚁
像活着一样悲伤

原载《大昆仑》2013 年 3 月号

那年夏天的绿皮自行车

梁雪波

那年，一辆绿皮自行车滑过打麦场
年少的我像摇摆的柳枝
费劲儿地平衡着一个滚动的夏天

父亲的手多么威严啊，能移来乌云
我的惊慌加剧着他的不满
只好用泪水向天空一次次地撒娇

我不知道远方有隆隆的雷鸣，驱动着
一个铁的广场
无数蚂蚁似的人们在四散奔逃

我不知道一辆绿皮自行车正被碾碎
被血卡住齿轮，被大地收去体温
在变形的瞳孔里，我不知道它曾经驶过

有一辆绿皮自行车失踪了，那年夏天
它承载过，按响了一个时代的铃声
那青涩的链条仍咬着我的骨头艰难转动

原载《诗江南》2013 年第 3 期

在群山之上

李轻松

一匹在疾驰中的马儿惊讶地煞住
群山停在空中。一些云朵都变了模样，
似乎比马儿还惊悚。那匹下过驹的母马
用它翻卷的嘴唇微笑了一下
然后退后，用它的马蹄不安地刨地
谁为前路准备了灵魂的深渊，
谁就会拥有绝境的火焰。
群山越过了马匹，比马匹越过群山更轻盈
那丰饶的身体与空洞的内心
哪一个更接近狂野的自由?
其中有一个魅影，其实就是群山本身。

原载《星星》2013 年第 3 期

泪

哨　兵

散场后我从中南花园酒店走向停车位，看见暗角处

好像有一只小狗，要咬断那根拴在栅栏上的铁链

走过去才发现，那是刚才陪唱的小姐

蹲在地上，抱搂一个孩子，还有

一小捧吃剩的龙眼，轻声叫着：宝贝……

我假装从不认得这位母亲

什么也没有看见。但我的心

却颤了两下，眼角有点不舒服

幸亏午夜下起了小雨

这个世界配不上我去流泪

原载《青年文学》2013年第3期

空　白

吴投文

我对空白有一种洁净的癖好
我喜欢一本书中
突然出现的一页空白
这一定是为我预留的信仰

我在前世的日记中
留下一页空白
里面埋着我的一生
这一定是为我预留的贞操

我对空白有一种洁净的癖好
我喜欢一首诗中
天使为孤独者的爱折断翅膀
这一定是为我预留的陷阱

这一生的空白太奢侈
我喜欢在午夜的祈祷中
面对辽阔的虚无
这一定是为我预留的死亡

原载《芳草》2013 年第 3 期

我要喝光我自己

罗 铖

我要喝光我自己
像玻璃上的水
消失在自己的光芒里

每个夜晚，雷电都在继承王位
闪动的风声，在吟诵经文
我眼瞳里的世界——

是扁的，像秋蛇蜕下的皮
忘记我吧，我在时光的背面
等你，当你终是彩色的流云

向窗前奔涌，像连续的犬齿
紧紧地咬住余温，在那里
我才能读清命运的水纹

原载《绿风》2013 年第 3 期

纸

杨 罡

被伐倒的树
从车间出来后
已变得面目全非
然后又被送到车间
每一张纸都饱经沧桑
看上去却淡然得
如一片安静的雪地

当文字的针脚
文遍你的全身
所有的目光寻找的
都是与你无关的故事
你隐藏在文字之下
因那些以血代墨的书写
感动而战栗
从而体会到
作为一张纸的全部幸福

选自作者博客，2013 年 3 月

气候转凉，秋天回到内心

杨章池

哦，狠狠的空气挥出
一记重拳。引发妻子哮喘的
杜鹃，再无香味可释放，再无
白色花蕊可开。
风把一只认命的柚子，按在
枝头。林荫道里，藏着某人的病。
化肥厂起死回生，它的汽笛
大声叫我的魂。
这些爱，这些苦，
你们要，再轻一些。

原载《长江文艺》2013 年 3 月号

老裁缝

陈小虾

一块布
白色的，崭新的
没有生活的油腻

铺开，摊平，洒上水
熨开里子的褶皱
他的手开始颤抖
何时直行，何时转弯
何时适时地回头
都已记下

灯光下
他多次顿了顿手
弯曲的脊梁
在剪刀的起落间行走

明天，这件衣服将会做完
作为最后一件衣裳
完整地穿在
他二十五岁儿子的尸体上

原载《太姥山》2013 年第 3 期

水泥管子

苍 耳

那个水泥管道我钻过。卡扎菲也钻了。
为一只蟋蟀。也为黄金手枪重新
抵住一国臣民的太阳穴。
真相被鸡奸。新闻就像剥洋葱
最后剥开的那一点
让我厌恶——不管是以正义的虎皮
还是以民意的胭脂。
自由更多的像一群苍蝇。当年他
杀死国王便成了国王，于是苍蝇飞舞。
通过这截水泥管子
我听见被压低了的蟋蟀的哀歌。

原载《振风》2013年第3期

我的字母葡萄

关　雎

神秘的西里尔字母
一嘟噜挂在舌梢上的葡萄
从你的音节之唇圆溜溜地跑出来

那么多光着身子的小气泡
快乐地呼吸着冬天
一个接一个地飞向天空
瞬间　结成颗颗透明的水晶
风一吹　它们从天空翻滚而下
哦　我听见
珠子落在玉盘里发出的碰撞声

来了　一粒俄罗斯白银时代葡萄的内核
在我的胸口开放　哦　一朵小花

原载《贵州民族报》2013年3月

静　物

惠　子

一片叶子
在另一片叶子的后面
始终隔着一个眼神的距离

阳光从叶子的缝隙间漏下来
风雨从叶子的缝隙间漏下来
它们共同享受
这来自上天的恩赐与祝福

所不同的是
一片叶子正慢慢打开
而另一片叶子正慢慢关闭

原载《山花》2013 年第 3 期

七　夕

李晓旭

我身体里的狼上路了
路过破败的庙宇，酒肆挑的旗
冽冽，在黑暗中离开的
遮蔽了黑暗

一只野兽飞行的理由，在手心里握足了十个月
爱上它的秘诀，和为此打开的缺口
我可以由它颤动的鼻翼嗅到血腥
微咸的芬芳

乐善好施的人遍布河岸
他们又提到用月光喂马
孕育麦肤色的孩子
想到国土和丢失的幽州，心底荒凉
捆不住流水就掉进时间的陷阱
我必须回到纸上翻滚
立马横刀，扮演英雄

在写墓志铭前想到水中月和殉葬品

落拓诗人的入关并无鲜华的衣裳

只一意孤行，慢慢唱：

雕栏玉砌应犹在，只是朱颜改……

原载《诗林》2013年第3期

黑暗中的行走

林新荣

我现在是黑暗的中心
你看那一点光亮
我擦一根火柴或者用打火机
黑暗是个球体
——有些像气球，你不能用针去刺
夜鸟的惊叫
午夜的呓语
这些都是黑暗的伴侣
现在正缠绵的
是我手掌中的两片橘瓣
——开始，我没感到
现在，却像看到两具
昔年的躯体，挨靠着
——这脱落的
橘瓣是脆弱的，空洞的往事

那单薄的光亮
摇晃着
在黑暗里“嗞嗞嗞”作响

原载《诗潮》2013年3月号

1945 年早春：写日记的布劳恩·爱娃

刘 频

在纳粹的翅膀，她贴上春天的邮票
她扔出的钥匙，没有回到布劳恩家族的苹果园
裂缝，从脸的中心不规则加宽，像雨季的慕尼黑地图
波兰叛徒送来两口水井给她做乳房，她不要
从蛇的肚子里，她剜出另一条蛇，名字也叫爱娃
她金色的头发，压制着一场爱情的雪暴
哦，巴伐利亚口音的小宝贝，蓝眼睛汹涌的海水
她用坦克来划船，穿着摄影师助理的小泳装
在阿道夫的一小撮胡子里，不成功地
自杀？哦，她不再第三次出乖露丑
逆光中，她把园丁和氰化钾，提前藏在了动脉
她用汽油记下了宿命的性，爱，地下掩体
现在，帝国的大提琴手，从钢铁的穹顶走来了
把明亮的勃拉姆斯，押进了她的别墅。在远处
33 枝被剔除犹太关节的玫瑰，在陪她翻看一本影集

原载《扬子江》2013 年第 3 期

雨终于停了

柳 沄

下了大半夜的雨
终于停了。天空
渐渐露出天空的样子

一同露出来的还有月亮
抬头望着它时
发现它也在望着我

雨后的月亮特别像月亮
它和一盏灯笼一扇灯火通明的窗口
没有任何相似之处

它抱着一块又黑又大的石头
轻盈地悬浮在半空中，并在
悬浮的过程中把石头弄亮

我还在望着它
像它望着我那样
出神地望着它

此时，它在天上的位置

有点像魂魄

在我肉体上的位置

原载《诗刊》2013年3月号

我并不在这里

罗　雨

我并不在这里
我的灵魂常常出走
携带我的梦和文字
在北方的柳絮里安家、落户
每夜的梦里，我亲眼目睹
另一个我站在对面，对我说：
“你的家在哪里?”

我的家在哪里?
我不知道，但我并不在这里
脚所站的地方，生了根，发了芽
柳树一样地临水而居
但柳絮，终归是要飘走的
一并带走的，还有
落花、流水的美与苍凉

我就知道，我并不在这里
一程又一程地漂泊与出走
编制一个个命运的环
在异乡的风里，我飘成一朵苍白的柳絮

原载《空心人》2013年3月号

守望冬天

刘芝英

都说冬天很冷

该寻一间屋子

有火炉的屋子

有供消遣之物的屋子

许多人劝我进屋

而我在屋外站成一株枯树

我固执地守望

一个至纯至美的灵魂

她进不了屋子

在众多的呼吸声中

她会死去

原载《创世纪》2013 年 3 月号

禾木之夜

李东海

禾木的夜晚
是深藏在山里的春梦
在少女的脸上，轻轻地浮现
又轻轻飘浮在了木屋的顶上
在星光下曼舞
禾木的夜晚
让我第一次感到了宁静的清澈

一两声牧羊犬的叫声
让夜，在禾木的村口清馨而蔚蓝

禾木的夜晚
只有风，才会从木屋的房顶上爬过
在山的怀里悄悄地睡去
禾木，在宁静的夜里
被风，轻轻地打开
在丝绸一样柔美的夜里
禾木，像一封古老的情书
被我悄悄地打开和诵读

选自作者作品《子夜的缪斯》，2013 年 3 月

四月

又闻布谷

李　瑛

北京，春雨初停，窗外忽传来少有的布谷鸟的叫声，猛然想起1942年我在河北老家小村初学写作时发表的第一首诗《布谷鸟的故事》，到今年整整七十年了。

绿油油的五月，细雨初停
传来声声布谷的啼鸣
多么熟悉的乡野的歌声
今天竟啼在喧嚣的大城

是七十年前催我播种的那只么
那是兵荒马乱的年代
直唤得咯血，也无人出耕
断垣残壁间疯长着野草丛丛

世界这么大，时间又这么久
你怎么会来到这里找到了我
为寻找，你一定奔波得很苦
可好？你的翅膀、趾爪、眼睛

七十年过得可真不容易

如今，我已年老，你却依然年轻
感谢你使我又遇到当年的自己
风停雨霁，可是一场真实的梦

原载《光明日报》2013年4月

母亲在风中生火的情景

高 凯

风雨如晦　又有一股风
一口把母亲划燃的火柴
给吹灭了

母亲蜷缩成一团
惊恐万状　像护住自己的一个孩子
把最后一根火柴紧紧抱在怀里

那个样子　就像是弱不禁风的母亲
为黑暗而冰冷的窑洞
重新怀上了火种

生我的母亲
能在几十年的风雨中生出一大堆儿女
就能在一阵风中生出一堆火焰

母亲往往是在一家人绝望的时候
扑哧　突然和火柴一起含泪笑出声来
让一家人心头为之一亮

原载《上海文学》2013 年第 4 期

老　子

吕　约

从不握手
也不鼓掌
是不是他掌心
有一根刺

大力士，元帅，超人
没有一个
能拔出这根刺
智多星，脱口秀主持人
失败后
面对河水叹息
他不提供安慰

最后一个善良的人
离开他了
因为他从不提供安慰
又不是哑巴

孩子们，谁能走过去
安慰他

原载《十月》2013年第4期

高原红

洪　烛

太阳会晒红女人的脸
即使没有太阳，被你看一眼
她也脸红了
太阳会晒红女人的脸
即使是阴天，听见你唱的情歌
她也脸红了
你看见一张红红的脸
却不知道她脸红的原因
即使是阴天，她心里也有一个小太阳
按下了又浮起，像所有想隐藏
而又藏不住的秘密
所有人都看出来了
只有你不知道，不知道那片高原红
跟你有什么关系
你以为只是看见格桑花开了
却不知道一朵花也有前世
前世的名字叫玛吉阿米
你以为女人都爱脸红，却不知道
她有了心事：昨天把你当成仓央嘉措
今天又把仓央嘉措当成你

原载《小拇指诗刊》2013 年 4 月

石

杨　克

一

唯一的原在，大火的熔液

在世界的体内，岩浆汩汩流动

石头是一切矿物质的总和

地球笨拙的骨架

无处不在

破坏迫使石头诞生石头

一亿块巨石垒起崇山峻岭

大石头碎裂成无数块小石头

松软的泥土是另一种形态

道生一，一生二，二生三，三生万物：

卵石和沙子，蟪蛄与朝菌

二

人类的诗篇就是石头组成的句子

敲打燧石迸射星星之火

文明燎原一发而不可收

婴儿从石子铺出的道路出发走向墓碑

最后的石头守着土地的缄默

从四面把时间围拢

石基，石墙，石柱

人诗意地栖居，石头无动于衷

与远古同谋，水泥是石头的现代变种

而石头的骨灰粉刷在墙上

无论死去活来，它始终为存在而存在

三

最伟大的冒险就是走进一块石头里

就像白垩纪的恐龙

把自己交给永恒的保管员

鱼游进凝固的海，弋动的姿态

那是对生命最大的欺骗

美石为玉，在东方与君子比德

藏石讲究神遇，玩石以养心性

高山大壑把玩于股掌之间

社稷家国

原是心头的块垒

金玉良言，出自黝容诡貌的砚
而砚一再说出的浑浊
用以清洗灵魂

四

岩洞是造化的子宫吗
风景生于石，山河的峥嵘显露于石
山水以石丑而媚，大愚自智
黝黑的巉岩，苍凉抬起更苍凉的脸

时间之侧，犹如礁石望海
风细碎的牙齿，波浪专注的舌尖
水滴石穿，咬烂千疮百孔的美
最破败的也是最蛊惑的
所谓天涯海角，不过几堆石头

原载《作品》2013年4月号

好似一阵吹过故乡的风

鲁若迪基

那一年登泰山
就要登顶的一刻
一阵风呼叫着吹来
它像从很远的地方赶来
还叫着我的名字
顺手摸了下我的头
帽子就被摘去了
顺手摸了下我的耳朵
有些话就被掏走了
顺手摸了下我的脸
一层皮被撕下了
顺手牵了下我的衣角
就长出了翅膀
它吹过身旁的松树
松树弯下了腰
吹过前面那座庙
我听到了呼啸声
那声音如此亲切熟悉
多像一阵吹过故乡的风啊

我像一座老屋

在那一刹

被吹得七零八落

泪水纷纷扬扬

心里的一扇窗

瞬间被吹开了

久久不停地晃荡

原载《西部》2013 年第 4 期

让天地澎湃

李孟伦

窗前一片叶子
飘来一个秋天
我背起太阳
来到南海边
九天已下起了雨
在大海写满汉字
我在汉字间游走
世界便鲜活起来
发现南海的岛屿啊
是母亲丰韵的乳房
藏着古老的故事
让海来抚摩
让风来歌唱
随潮涨潮落
让天地澎湃
让富士山也匍匐
让自由女神臣服

原载《诗林》2013年第4期

清晨的萨克斯

青海湖

清晨，我从一首乐曲中醒来
它忧郁的旋律把昼夜连成一片
我打开你的耳朵，火车奔驰在安静的路途
遥远的回声，是杯盏举起的海的狂啸

你在乐曲拐弯处找到我
如同劫难找到劫难。我从你的眼中
看到河畔纷纷的落叶。万物的枯荣刺疼我
瓦蓝的天空有大段的对白来自高原
我们倾听，对饮，怀想薄云下金黄的麦田

我们有各自的朝圣路，共同的庙宇
它们在一首乐曲中合二为一
那时，我通过你的黑发穿越寒冬
如倔强的野草等待着春风

萨克斯落在树梢上，落在春秋的两端
我们来不及叙说命运
来不及强化早年的印象。桃花潭水
我握紧你的手，一双大隐之手
隐者随风远去，留下温热的记忆

原载《诗江南》2013 年第 4 期

模拟生活

王西平

看见过天气吗，那停靠在玻璃上的
冷暖反射在晴空里
那闪闪发光的，钵，满满的黑色嗡响
突然溢出

僧侣，和他身体上的凌波
越过古老的经卷。香火缭绕
绿萝之花诱其上歪梁
野猫蹲守在斋饭深处，或吟诵那单音节的佛翅
和复杂的苍蝇之眼

没有净地，却紧挨着这个世界
布帘上一对秃顶鸳鸯戏水。女人要分娩
下面是灌木，周围是不幸
你就像那个抢先咳出的婴孩
过着模拟生活

原载《特区文学》2013 年第 4 期

一块不朽的地方

魏　克

故乡要有一块不朽的地方
即使死去千年的人回去
也能见到往日景象

记忆里要有一块不朽的地方
无论度过多少悲苦岁月
唯有那里依旧温暖
仿佛逝去的人生还依然安好

屋子里要有一块不朽的地方
可以供你趴在那里阅读一本永恒之书
直至你的骨骼上也写满了文字
直至你的头颅广如大地

肉体里要有一块不朽的地方
只要你愿意坐在里面打磨
总能打磨出一块属于自己的石头

这世界上要有一块不朽的地方

像是蔚蓝色的天堂高高悬挂在大地之上

悬挂在我们都能

仰头看到的地方

原载《诗品》2013 年 4 月

感　谢

雁　飞

如果省略了这一袭清香
我的脸，就是被这阵风扬起来的
我要感谢
这个温柔的巴掌
顺着它的抽打，我才看见了
这一树花开

仰视着这棵
一日要从树下往返数趟的广玉兰
春天的这一记耳光
让我面红耳赤
如梦初醒
我要感谢春天的宽容
对我这个只顾埋头赶路的人
只罚站了片刻

原载《井冈山报》2013年4月

诗学(选章之46)

余　怒

站着，想到工作和诗。
坐着，想到地心引力。
不如去散步。
经过一家
名为“孤独的翼龙”的
咖啡店，透过玻璃，看见
一对男女，头抵着头说话。一个灰眼睛的
年轻服务生，站在远处的吧台里，望着他们。
他的食指和中指
在吧台上做飞奔状。我一直觉得
灰眼睛可爱。可现在
我突然不再喜欢这种灰眼睛。
我该有所表示。
我想大叫。
但隔着钢化玻璃，我感到自己无能为力。我已经
不是六岁或十四岁的孩子。我害怕
混乱，害怕此刻突然消失。
看到路边有一台变压器，我爬上去，不行就接收

来自通古拉瓦火山和天堂的电磁波吧。
可是对于那对男女，
我还是想听听
他们在谈论什么。

原载《汉诗》2013年第4期

五月风物

郁 葱

日光暖了，

五月清徐，

优雅、端庄。

裕华路的曲线渐显，

古典、绵厚。

想起一些有关风物的诗句，

比我想写的“风物”精彩。

陶潜《游斜川》序：

“天气澄和，风物闲美。”

张昇《离亭燕》：

“一带江山如画，风物向秋潇洒。”

冰心《寄小读者》：

“我素喜北方风物，

至此也不能不倾倒于江南之雅澹温柔。”

梅尧臣《送俞尚寺丞知蕲春县》：

“应见言风物，於今有贡虵。”

我想：

其实风物，风雅，风骚，风尘，

不在尘世，

俱在风中。

原载《清明》2013年第4期

晨　起

戴小栋

苹果美人优雅地醒来
小乖正在做夸张的欠伸
持续叩击，咯吱作响。禅意十足的清晨
生命是安逸的，关上窗帘，假象愈发真实
长久地倚靠床头或安坐在思想的椅子上
从鱼缸中晃动的水草我看到了旧日子恍惚的碎片
许多人一生走不出家的窠臼
有的人永远生活在别处

原载《中国作家》2013 年第 4 期

喜马拉雅雪豹之恋

曹有云

整整一百个黎明和黄昏
我都在等候你
雪豹
雪山圣殿威武庄严之高士
闪电般活灵活现

赤羊攀越摩崖
赤狐飘过峰巅
鹰，猛力搏击十万长空
欲飞越所有灿烂之幻象
而你依旧踪影全无

雪豹
喜马拉雅脐带深处静谧的神圣呼吸
百丈冰峰尖顶劲舞缥缈的唯美火焰

它不朽的传奇，辉煌的象征
引领我
走向万古寂静，百年孤独
苦修彻悟的真理之途
没有言语

原载《西部》2013 年第 4 期

青海湖路上

林之云

一座座山，像紧挨着的成片大墓
将边远的时间埋藏，戈壁上的植物
若先人游荡的灵魂，在此刻呈现
无数的石头，亮出内心里的铜和铁
抱住那些老山，说着高原的颜色
峭壁下的油菜花，像上帝温柔的眼神
高处那个农夫，不知正在做什么
牛和羊开放在草甸，我望着你
你在天空下悄悄移向别处，我想着你
你慢慢前来，一点一点旋进车里的记忆

选自作者博客，2013 年 4 月

唐三彩

郭新民

在马背上颠簸
在驼峰上跋涉
在墓葬中修炼
斑斓壮阔的大唐帝国
让整个世界
异彩纷呈

一段历史
就这么凝聚在
惊世骇俗的美中
一个朝代虽已消亡
可它的精神和风骨
依然震撼人心

人类智慧的结晶
华夏民族的骄傲
文明的圣火熊熊燃烧
艺术的光芒照耀世界

是某种神奇的魅力

沉着穿越时空隧道

走进教课书

走进博物馆

让人们认真思忖

一个王朝不朽的风采

原载《惊蛰》2013 年第 4 期

描述草原

刘 春

这是我所要描述的草原
一万匹母马和一万匹马驹
静静地吃草、走动
头顶着远天灿烂的朝霞

它们飞翔，以看不见的羽翼
像我一日千里的思想
草色使天下变绿，污浊了无痕迹
整个大地只有云影，只有
一万个母亲和她们的孩子
静静游弋

风吹草动的黄昏，这些
旷野中的精灵、自我流放的使节
缓缓向天边挪动
一种被称作家园的事物令它们
热情难抑。炊烟飘起
草尖上的月亮又大又圆

这是我想要得到的生活。而实际上
一万个母亲把体内最后一滴养分
留给胯下的孩子
便躺在如茵绿草中逐渐老去
夕光把她们
送到一个吉祥遥远的地方

原载《群岛》2013 年第 4 期

绿园散步（组诗节选）

晋　力

一

那些树叶
三月份是春天
现在变成了泥土

荷花落尽，林梢疏朗
像你的鬓角
也像明净的天空

这是大风之后，明月高悬
照着园中的枯草
土地在休息，路灯在做梦

三

不要以为这个世界老了
老人旁边总站着孩子
像秋天身旁站着好几个春天

五

花香各色，终非百姓所需

草虽细小

凑在一起便铺向天涯

城市休息，故乡劳动

父亲身上的草香不远千里

风的想象就是让高楼夷为大地

蚯蚓不幸福吗

站得笔直的保安和高楼不痛苦吗

透入林间的一抹阳光有大慈悲

原载《神剑》2013 年第 4 期

交　换

李小洛

我们交换雨伞
一场即将停止的雨。交换
脚上的冰鞋。鞋子飞行
一块渐渐消失的冰
交换彼此的名声
在夏天的傍晚
彼此在身后度过的冬天
彼此的悬崖
悬崖上垂下的绳梯
交换身体时，留下胆囊中颓废的忧郁
交换药品，留住尚未散去的药力
交换爱，留下爱上别人的余地
交换马匹
一条离开故乡的路
交换云朵，抓住一顶被风吹起的帽子
交换彼此的生活，一个人走进迷人的会议
另一个人，离开话筒的余息

原载《中国新诗百年大典》，2013年4月

长白山

阿　斐

高居于东北之巅
供亿万人膜拜
你眼里看见的是雪
雪白耀眼
我看见的却是火
积火成池
再多的赞美也洗不净
我长存的悲伤
如熊蛰伏的俄罗斯
如猫蜷缩的朝鲜半岛
如狼环视的日本国
和如龙潜渊的大中华
我目睹千万年的烽火硝烟
一波又一波人命滔天
翻滚在日晷的倒影里
让我不得不
忽略雪松的静美
白鹿的圣洁
雪山飞狐的妖媚

那些仙境里的美好事物

在人间统统归零

多少年后我依然无语

冰冷的厮杀声让我不得安眠

因为忧虑，我一夜白头

选自作者博客，2013年4月

从烟斗里吸出黎明第一声鸟啼

陈美明

这暗夜黝黑的泥土
终于掩埋了白昼的喧嚣
却滋生出肆意攀爬
将我紧紧攀缠的心绪藤蔓
我学会了耐着性子
将它们逐一地拆分和剥离
悄然装进烟斗，叼在唇角
之后某个时刻的思想
总会有火花闪现，一定是我
下意识划着了火柴
点燃烟斗后，我深吸一口
此刻该有多么神奇
想生命之美莫过如此
我竟然在烟斗里吸出
黎明第一声鸟啼
在自由舒卷的烟雾里，读到了
一首，黎明的诗

原载《诗中国》2013 年第 4 期

恬淡课

方文竹

生活已被生活淹没　一场雨的加法中
我的内心正在施行减法
这即我的恬淡课　像宛溪河畔的石马
石头是石头　马是马
若石头与马相加　就是一千年的沉默

为找时代的出口　需要消除梦幻的把柄
拦路虎显示它的八面威风
在洁白的纸张上不置一字
报复呢喃

假装不是手法　内心的风景让她永存内心
重述一遍就是迷宫
就是将一台舞台剧搬到生活的中央

一朵花可以摆开一顿盛宴
一滴水可以击退一片大海
一个恬淡的人喝退背后的十万座大山

你和我一起　可以拉扯出耀眼的火星
可是我　减法之后　所剩下的
除了石马的骨骼
就是无边的虚空

原载《草原》2013年第4期

南浔古镇

娜仁琪琪格

我曾来过这里　带着飞鸟的速度与离去的背影
我所急返的城堡壁垒　添砖加瓦弓背劳作的家园
是瞬息的失去　早已搭好弓的箭矢　正在寻找时机

江南烟雨与十一月的落叶　撒向青石　那些金黄与艳红
濡湿的记忆　收藏起足音　多么宁静　一条藤蔓
向上的行进与延展　柔韧的力　从青涩到成熟
明艳润泽的美　它的优雅走过了坚忍

烟雨渐浓　一阵紧似一阵　举步缓急　我的目光
不舍一湖残荷　垂落之姿在水中的倒影　安静闲适
时光的水墨　浸透漫漶　浸透岁月　浸透沧桑
尘世　总是被凡心所累

乌篷船　载我从画中绕过古旧的城池　绕过富甲一方的庄园
很快　又在夜幕疾驰的车中　赶往机场
赶往生机盎然　赶往死灰沉寂　寒凉彻骨
也赶往在寂灭中　抬起生的新绿

原载《中国诗人》2013 年第 4 期

湖　边

谈雅丽

长长、颠簸的泥路后，越野停在湖边
湖侧是一方桃林，村庄已经很远了
我们支起草绿的帐篷，在落日降临之前
还有足够的时间，享受自焚

枕着傍晚的波涛，有时我们被彼此的心跳
惊扰。四周散发青草和温暖的水汽
夜里将有巨大的生物扇动翅膀，一条军用拉链
既是接近，又是抵达惧意的方式——

听见星星落水的声音，如果明天醒来
会否有不一样的蓝色河汉
这里黑暗笼罩，这里就有无数变化的可能
也许用腮呼吸，也许背部长鳞，也许通晓鸟语
是花鸟虫鱼中，任何的一种

静默中的无限——这清凉的
清澈的
——我确信我们都有成为湖水的可能

原载《诗潮》2013 年第 4 期

秋风辞

叶玉琳

好吧，就算尘世凶悍
秋风用十指戳破一个人的秘密
我也不能死在它的悲伤之前
“心有澎湃，面如秋水”
我突然就想起你的醒世之言
突然爱上这颓废之美——
昨夜一场雨，又淋湿了一些背影
虹过后，我在莲池边
始终不能等来你的消息
谁在梦，谁在飞
隔岸的气泡，堵死了经年的泪水
若干篇颂辞之后
你整衣束帽回归故里
我也卸下诗书安于病贫
旅程千万里，你在，或者不在
爱的光圈，无法步步消减内心的汹涌
大好河山，我要提前赶来为你祝福——
我不能死于它的衰败之时

原载《诗朝》2013 年第 4 期

倾听麦子的声音

杨廷成

走在三月的田埂上
麦子抽芽的声音在土层深处咯吧作响

它想起屋檐下等待了一冬的粮仓
它想起男人们播种时捏出汗味的手掌
春浅梦短，谁说了一声
是麦子就会发芽，扎根，生长

从心胚里抽出稚嫩的根须
以律动的节奏深深地扎进土壤
蓦然间，满川的麦子伸出绿色的手臂
在风中感受阳光

牧羊人的横笛吹响在山坡上
耕牛们播种后的鼾声在野地回荡
黄昏，倾听麦子的声音
是一种难耐的亢奋与激昂

一场细雨后的月色里

麦子们喝醉了天倾的琼浆

摇摇晃晃像醉酒的汉子

在山野里整夜歌唱

原载《诗江南》2013年第4期

保留一首诗的秘密

子梵梅

保留一首诗的秘密
保留给你写一首诗的秘密
保留已经给你写的一首诗的秘密
也许要到很久以后，你才能见到它
也许到很久以后，你我都可以忽略这首诗
连时间也不曾知道，我们
早已经在它追赶上来之前
步入晚年的热恋
并在尘世某个阳台
晾晒着我们每日换洗的衣裳

原载《读诗》2013 年第 4 期

春天来了，我在焦虑无法找到寄往前线的信件

顾 北

白信件。纸折的卡宾枪，春雨淅沥

晚饭吃了电影，赶赴前线途中，逃脱兔子

愤怒的炸弹在大声倒计时

泪水哭泣着跑回眼眶

原载《青春》2013年第4期

五月

此 世

大 解

深陷此生以后　远在未来的人啊
令我羡慕　你们才是真正的隐士
躲在败局之外　迟迟不肯现身
在你们到场以前　我有太多的顾虑
不敢说历史是个废墟
身体是牢笼　内有红尘之忧　外有万世之空
我不敢说　人类已经疲惫了
来过的人都已离去
生活是个聚会和散场的过程
凡是我不敢说的都在发生
凡是我顾虑的都在定型
这世界是个奇怪的地方
当你们在未来的某一天登临此世
会发现人们谨守着孤独的身体
成群结队走在路上
像羊群在黄昏中穿过牧场　而神在远处
拧着他的鞭子　并没有理睬人们的去向

原载《诗刊》2013年5月

数字中国史(外一章)

周庆荣

五千年，两千年的传说，三千年的纪实。

一万茬庄稼，养活过多少人和牲畜?

鸡啼鸣在一千八百零二万五千个黎明，犬对什么人狂吠过两万个季节?

一千年的战争为了分开，一千年的战争再为了统一。两千年里似分又似合，两千年勉强的庙宇下，不同的旗帜挥舞，各自念经。就算一千年严丝合缝，也被黑夜占用五百。那五百年的光明的白昼，未被记载的阴雨天伤害了多少人的心?

五百年完整的黑夜，封存多少谜一样的档案? 多少英雄埋在地下，岁月为他们竖碑多少? 竖在何处? 阳光透过云层，有多少碑在九百六十万平方公里之外?

我还想统计的是，五千年里，多少岁月留给梦想?

能确定的数字：忍耐有五千年，生活有五千年，伟大和卑鄙有五千年，希望也有五千年。

爱，五千年，恨，五千年。对土地的情不自禁有五千年，暴力和苦难以及小人得志，我不再计算。人心，超越五千年。

湖 笔

一群狼的毫和一片竹林里最有代表性的腰杆子，它们共同组成这支最大的湖笔。

酒后，在湖州项王码头边一个五星级的客栈，我要最黑的墨，要最白的纸，想写一写天下。那些古今的事是左边的一撇，那些内外的幸福和苦难是右边的一捺。酣畅淋漓的“人”字跃然纸上。

说不尽的天下事，自人始，至人终。都说人字难写，湖笔的责任重如泰山。湖州的土地做砚台，太湖的水研墨，往事渐渐模糊，小惆怅或者小幸福也只如窗外正下着的毛毛细雨，夜色朦胧了太多的细节。只有湖笔越来越著名，握笔的手呵，从此不写苦难和屈辱，不写仗势欺人，不允许垂头丧气和走投无路，只写平凡与喜悦，写人性的善，写憧憬，写成理想的模样。

湖笔的纪律从今夜开始：不涂鸦就是黑白分明；不写歪就是人间公正；不耀武扬威就是自由和尊严。

原载《十月》2013年5期

特　征

桑　克

屋外是夏天，
屋里是冬天，或者客气地说，是早春。

屋外丁香正盛，
或者由盛转衰。
屋里的人穿着羽绒服反抗阴冷的迫害。

彼此都在看电影，
彼此都在怜悯中。

然后再说象征的灵魂的范畴，
然后再说心冷的碧绿的双眸。

原载《长江文艺》2013 年第 5 期

林中路(给吴子林)

安 琪

所幸还能在迷路前找到通往你的
或者竟是你预先凿出等着我的路
陌生的城市
我抛弃前生
脱胎换骨而来
我已不记得走过的山
路过的水
我已被错乱的经历包裹成茧
就差一点窒息
我已失语
一言难道千万事
我爱过的人都成兄弟
继续活在陈旧的往事里　而我已然抖落
我说相逢时不妨一笑但别问我今夕何夕
别惊讶
我麻木茫然的面孔犹存青春的痕迹
因为我曾死去多次
又新生多次
所幸还能在最终的绝路将至时猛然踏上
你的路
林中路

原载《福建文学》2013 年第 5 期

一滩白鹭

华　清

被惊扰的安详在天涯升起，忽然。
它们优雅地从一个朝代落向
另一个。一片白色的闪电，忽然。
散落的卷册收走往昔的传奇

在南海的红树林，在天涯，忽然——
在江湖的尽头，在草莽英雄的
藏身处，诗歌义士的流放地
我看到它们闪电一样飞跃人世的泥土
和群众粗鲁的掌声，忽然……

一片慵懒而空白的静寂，一片
吹散了又被收走的珍珠
一串水袖与长铗的无声表演，一段渔家
似有若无的谣曲，一地目瞪口呆的碎银
如群星的幻灭，陷在夕光的泥淖中，忽然！

当我失明的天空渐渐清晰
我看见它们凌空跃起
穿越一段默片和后工业时代的玻璃
它们掠过今生如掠过悲凉的秋风

原载《诗刊》2013 年 5 月号

那　时

祁　人

那时
你小
我也小

小雨下起的时候
我们仰着脸望天
说　天哭了

我擦你的眼角
你擦我的眼角
脸上全都湿漉漉的

你说我哭了
我却说
你哭了

选自作者博客，2013年5月

在梨花下思念母亲

王顺彬

我在院子里看梨花，我在诗句中度过深宵
那些红色的、深蓝的、金黄的、浅紫的爱与不爱
被我压在了另外的书册。今夜，我只看
梨花，只为梨花立传，只替雪白的梨花
把脸仰在皎洁的月光里。我由衷地，想起了
我干干净净的母亲，想起了她年轻时
白嫩的面庞，素静的衣裳，以及没有乌云的笑声
针孔中，细细地生出的清辉。如今，母亲老了
白发上的雪，同梨花一个颜色。她
常常望着我平静地笑，像梨花，把快乐的花蕊
当作睫毛，频频地闪动。她还喜欢，挪一把木椅
坐在梨花下面，让虫声把自己的影子叫亮
绿色的芭蕉，在椅子背后，打开故事
一只白猫，跳到她的怀里，如一团白绒绒的月色
这时，她佯装闭目。腕上，一只手镯
用玉的声音说出环状的静。想到这里，梨花更白
清贫的风带着好脾气起伏。我在诗句中
把枕头垫高了 7 个厘米：今夜，我要趁着月光
更真地看清梨花。同时，为梨花般的母亲
整理生平，用淡淡的香气，深深地感恩

选自作者博客，2013 年 5 月

雾埋大城(组诗节选)

北　塔

一

昨夜，谁偷走了西山
今晨，填塞住我的窗口
天空真的空了
因为它太满了

二

只有灯光
能在黑夜的肌肤上
刺绣出这么多
已经被抹除了的房子
富丽堂皇
一如蒲松龄笔下的豪宅

三

孩子
这大马路上
凭空长出了这么多道门

我听见了你的脚步声

却看不见你奔向我的脸庞

四

全城的空调口

都在抽二手烟

其实抽一天

就足够

让你的咳嗽

从大洋的此岸传到彼岸

原载《山东诗人》2013年第5期

除　夕

徐俊国

近处的山林，暗如牢狱，
远处的村庄，灯火通明。
今夜，小羊吃得特别饱。睡姿安静。
它用一年中最后的钟声把自己洗得干干净净。
除夕，所有的事情都应该发生得美好一些。
三分钟之前，小羊下定决心，
允许那只奄奄一息的母狼以它为餐。
小羊跪在大片干枯的野花中央，暗自发誓
——今夜如此美好，不逃跑，也不挣扎……

原载《星星诗刊》2013 年第 5 期

时间书

普　冬

时间是我的敌人，也是我的圣经
每一页都是你你你
时间把玉一样剔透的我的少年
捏造为一尊只会喘气的木乃伊

世界逐渐暗下来，夜将吞没一切
百合花一样盛开的女人
你发烫、战栗、念珠一样婉转的那个早晨
放大在我昏黄的瞳孔

黑夜如沙，徐徐没过我的脚踝
膝盖和心脏。请让再亲一次你令我长醉不醒的峡谷
溪流、芳草地。让我死在你柔软的山河里
你是祖国。我的

原载《诗刊》2013年5月号

幸　福

晴朗李寒

他总把斑鸠听成布谷，
常把月季称为玫瑰，
他视臭豆腐为人间美味，
将一个屠夫当成了救世主。
他非常知足。
人们说：
瞧他多幸福！
没有谁告诉他，
在错误中
他度过了平静的一生。

原载《诗潮》2013年第5期

登上太白楼的喜悦

雨　田

令人心潮澎湃的春天　我们去了李白的家
穿过太白碑林　如穿越昔日的刀光剑影
难以言说的历史残骸让我们耳目一新　蓝天
炫目的蓝　阳光呼唤着沉静多年的灵魂

是一种风带来多年前的钟声　好像我在青莲小镇
看到的几种结局无言无语　苦涩和酸楚无可避免
谁在这个春天之前把谁梦见　布谷鸟的歌声
穿过弯曲的时空　风调雨顺的光阴何时在期盼中呈现

登上太白楼　眼底的涪江和昌明河正在歌唱
开满油菜花的田野和沉默的丘陵正乘着春风
坦坦荡荡地越过梦境　飞舞的蝴蝶和采花的蜜蜂
全都汇集在古朴的青莲　其中也有李白的豪情

如今　谁又在以思乡的名义把沉默的大小匡山梳理
在春暖花开的青莲　星空少女般温柔地低垂着
那漫天闪亮的星斗倾泻在我的怀里　古老的月色
托起诗歌的灵魂　春色里的青莲更显几分妖艳……

原载《扬子江》2013年第5期

献给魔鬼城的小哀歌

森 子

我很快乐，向每一个遇到的人，
牛、羊或骆驼，
向钻天杨和梭梭柴抖动我的毛发。
我给积雪的草坡定上延后
两小时收工的闹钟，
我的快乐嚼着红柳，
恣意地炒熟沙土，
像魔鬼城快乐地复制魔鬼的抱负。
因此啊，我有比魔鬼
更难缠的快乐。
魔鬼只在他遇到想遇的美女时才快活，
而我有不遇却能后补的自我安慰。
我偷吃着胶囊，
在没人在意什么是坚强的时刻，
躲闪的快乐，消失的快乐，
不与人分享。
不祈祷，不再默念你尘世的名字。
越野车驶过茫茫雪野，
这种快乐就像充气的石头。

原载《扬子江诗刊》2013年第5期

盐水沟

汪剑钊

毁灭，另一种形式的拯救，

清风拂过废墟，

给虚假的历史补上□出真相的注释：

一群人喧闹地穿越海的风暴，

折断体内的白帆；

一个人独自回到自身，

在低处寻找高山的根须。

盐水沟白光闪烁，

亮得令人心痛，

风、云、雾的混合

构成咸涩的地貌。

沙漠烘烤过的心脏

碎裂，坠进无泪可流的沟壑，

血液给予最后的滋润……

原载《边疆文学》2013年第5期

爬山虎，在黑暗中转过身来

杨北城

它没能越过光的悬崖
在绿色火焰中返回
炫目而柔软，我曾跟随
黑夜一层层褪去
它全部的缠绕和腰身
蛇一样迷幻的心灵
提着不断下沉的屋宇
一个接着一个落日的灰烬
如果人世间还有高处
你即使冒险一寸寸抓紧
也无力攀爬上去
但我仍要跟随你，走到尽头
只有死亡，能让我放手
一个落寞的世界需要欢畅
哪怕是一棵尖叫的藤蔓
在黑暗中猛地转过身来

选自作者博客，2013 年 5 月

母亲湖与吉祥鸟

杨晓茅

由于鄱阳湖湿地日益得到保护，每年飞临鄱阳湖过冬的候鸟数以千万计，形成一道天然美丽的风景。

——题记

最先是一只鸟探路
然后是一群鸟翩跹
最终是一片鸟翔集
吉祥鸟识路
一年一度君临归来
列阵于湖畔嬉戏
搅动满湖的星光、潮汐

最先是一点点涟漪
然后是一圈圈扩散
最终是波浪追逐波浪
惊起拍岸的回响
母亲湖敞开胸襟
邀约四面八方吉祥鸟汇入合唱

从此后
潮涨潮落　渔舟唱晚
湖上人家相信
吉祥鸟　认了水边故乡
大河奔流　展翅高飞
母亲湖接纳了天上的亲戚
彩云追月　四季祥瑞

选自作者博客，2013 年 5 月

女生校服

黄　梵

我凝视着女生，就像凝视着最纯的洁白
甚至忘记了女人的模样。
她们像诗歌，分成几行——
第一行，有叫脸的玉兰，有叫嘴的乐器，有叫颈的杨柳
第二行，有叫上衣的白云或蓝天
第三行，那已经上路的裙摆突然停下，礼让着自由奔跑的大腿
第四行的小腿，习惯把长筒袜的门窗关紧
第五行我最熟悉，那是蚂蚁或青草最妒忌的球鞋
载着她们和美梦赛跑

原载《诗歌 EMS 周刊》2013 年 5 月

你在草原起舞

干天全

你起舞凌空
还原白度母飞翔的姿势
振臂之间，手指开出拈花的微笑
此时，醉卧花丛的我想坐化成鹰
围绕你盘旋至日落长河
从你霞霓四射的目光中寻找慈航
期冀载着我此生的光荣与罪过
飞向遥远的雪山朝圣
在越过沼泽、海子与草原之前
为我唱一支洗礼的歌
让我翱翔的羽翮净亮有力
望着我飞去，不要收回你的目光
直到我抵达神山
如果在这里孽障未尽
等你，以伴我无上瑜伽的善行
再次将我超度

选自作者博客，2013 年 5 月

吕

喻子涵

两种声音发出，呜响，古时称大音。

大音希声，要在心里才能听到。

一根线看不见，是一种默契，像年迈母亲的直觉，她能感觉我在远方向她轻唤。

因而，我随时都在母亲身边，她很安祥。

我们随时都在学习说话，一个口形跟着另一个口形。

这个传统延续几百万年，直到现在，跟着台上一个声音。

是悲哀，但不能尽是悲哀。是命运，但也是文化。

这是一种惯性，像水牛就是要犁田，就是要滚进泥水塘，让自己不能有鸟的幻想。

这是一种长期以来的生活方式，就像不戴帽子的黎首，用不着反思和抵抗。

然而，失忆了，或者声音已失传，只剩下定格的口形。

我们比照着发声，声音很大，像泼妇骂街。

像战场上的喊叫和嘶吼。撕破世界的声音，撕破成东方和西方，南方与北方。

失去原声的声音很可怕，变形的口形很可怕。

好在两个声音始终在一起，朝夕相处，一夜之后，复归于好。

人呵，毕竟有动物本性的质朴。他们一起走向森林，海滨，雪山，大漠。

熟悉的声音最亲切地依偎在一起，时有共鸣。

看来看去，这是两个同宗的口形，两个归来的声音。

智慧的古人早就说了：这是大音。

但是，要在心里才能听到。

然而，我们都需要一颗能感应声音的心。

原载《中国诗人》2013年5月号

春风轻轻吹

郭思思

你是季节里最温柔的部分

你伸出手来轻轻一抚摸
岸边的枯柳屋后的藤蔓
就懒懒地扭动腰肢

换上翠绿的衣裳粉红的裙裾
我喜欢的色彩啊
一现身
春天就藏不住了

原载《贵州民族报》2013年5月

仙 境

过天舒

我尝遍了世上所有的欢乐
在我童年的时候——
只是那些一去不回的想象
早已被摔成无数的碎片
飞出小窗，埋藏在仙境

那仙境就在不远的地方
当我呼吸着神秘的月光
这种神秘也吸引住了我
越过高山——跨过大海——
穿过黑沉沉的暴雨狂风

看！它们就散落在那里
在波涛轻轻拍打的海岸上
它们散落得多么均匀——
在静谧而空旷的树林边
在一片春暖花开的地方

选自作者博客，2013 年 5 月

黄河记梦

韩少君

黄河夜走泥丸，

大漠也有神仙，

土堡之夜，

梦中，她收取了我的亲娘。

6 月 18 日，在平罗县，

吃下了鲤鱼，爬上玉皇阁，我对梦也说：

“浊浪东去，

我不可再犯错误。”

原载《长江文艺》2013 年 5 月号

手捧空巢的老人

和克纯

一位古稀老人
捧着空空的鸟巢
若有所思地
侧倚于一株落木

少年的遐想
随丰满的羽翼渐去渐远
暮年的孤独
在秋风秋雨
在草叶编织的空壳里
渐渐清晰

选自作者诗集《丽江低语》，2013 年 5 月

名 字

狼 孩

你比你的名字先到
你的名字是别人强加的
开始你不知道
你只听到了声音
你看着别人叫就默认了
只要有人一叫
你就看他一眼
这就是默契
有人因为认识你
才知道你的名字
有人因为知道你的名字
才认识你这个人
你离开世界的时候
你的名字一直活着
不是活在嘴上
就是活在石碑上
那些无名无姓的坟茔的主人
都变成了鬼魂
不安地往来于两世

选自作者博客，2013 年 5 月

化蝶为蛹

金肽频

昨夜醒来时，我在床上逃跑
逃到了蝴蝶的体内。她的血是热的
在她的翅膀内，我与她一起飞起来
层层的山峦之后，大地脱下了青袍
红高粱脱下了一层皮，这情节
着实令人惊怵。在大地的最后一幕中
我们完成了亿万年的化蝶为蛹

屋檐下，那个消失的老头
又已回头。他的眼里噙满百感交集的泪水
这是我赠给新娘的泪水
现在潮生两岸。隔着被木窗棂镂空的时光
他老人家已一脸模糊

所有调试过的记忆，此刻
都佯动起来。那只梦中的蝴蝶
掩盖不住明月清风的体香
我早已在她的体内学会了飞翔
和她的身体恋爱　夜晚运来她的身体

清晨运走她的身体。每一次
我比蝶蛹睡得还要香

杂草林间，仅剩下一件事
需要我们慢慢收拾。需要我们把后半生
放慢下来

选自作者博客，2013 年 5 月

金黄之诗

玉上烟

一个词，不小心脱口：金黄的
他们开始追问：
你是说金黄的橘子？汁液？
也许是，也许不
你说的，是金黄的光线？气味？
也许是，也许不
难道，你说的，是一只金黄的……
也许是，也许不
哦，等等
我决定现在不说出
我必须抹去它的指纹
再说了，我掌控的经验有多少
他们的想象力就有多少
你瞧，气氛已经变得相当有趣。当然
只有我自己看到
它的皮毛浮上了水面。除了我
没有人知道它的身份
它孤独而迷人
来自比我们想象力更远的地方

原载《诗歌月刊》2013年第5期

仿某电影台词之一

赵思运

我做了一个梦
我和另外一个人各持一只手枪
他对准我
我对准他
他把枪放进我的口中
他扣动了扳机
子弹没有响
但我听到口中有一声细微的响动
醒来我发现一只牙掉在口腔里
后来我连续做这个梦
我很想终止这种梦境
可我越来越苍老了
我没有能力阻止下来

原载《中国当代十家诗人诗选》，2013 月 5 月

海　盐

竹　君

比善良更善良，
比美更美——有人言说废话。

我乘着所有废话做的马，
颠沛海角。
墨马蹄声渐绿。

每一种盐都无法修补毛孔，
刀剪淬火，发狂
拼接，镂刻，破壳的燕子海鸥，
从大陆以西，
奔徙无人之境。

啄食并喂养阴谋以下事件：
红白一半不停地收纳而始终
无始无终：
这结局完美，且吐火而焚。

比善良更善良，

比美更美，

所有海鸟背负海盐卷起风，

腌干所谓眼泪，是咸的。

选自作者博客，2013 年 5 月

中　秋

邹瑞锋

孤独的月亮
是人们
手中的一张画饼

当他把自己的身影
投向大地

无数个江河湖海
的纳西索斯倒影
映照着

孤寂的灵魂和
忧郁的回声

选自作者博客，2013 年 5 月

老渡口

林汉筠

你说源头早让春柳拂开了画面?
一只寻食的白鹭
昂着头
吱吱地朗诵着江的历史

那放排声掠过了水面
斜阳，柳山，粗犷的船歌
让排头的水鹭滴出黄金
在挥手之间
一个女人的名字早就刻在水中

渡口的青苔
任由思念在瞳孔风蚀雨刷

或许，岁月早将文字删节
幸福或疼痛的日子在呼唤声中
层层包裹
一片木栅一支桨叶
随张望的眼神泛着潮起潮落

在石墩上，一个又一笑意打量

浣衣女子腰间的花围巾

在水中荡起涟漪

时间在静静度过

古渡口

坚信那个挥手还会回来

原载《诗刊》2013 年 5 月号

酥油灯

冯　娜

肉身以外的黑洞　加重经书的奥义
一星火光不紧不慢地燃亮
先是花朵　最后是涅槃
天地在水中合掌
白昼与黑夜相克相生
莽苍的水湍急如大江　把我的衣袍掳去
把发肤、名姓、执妄掳去
整个红尘只余矿石熔化的颜色和声响
我在这茫茫的水域中黯淡下来
同时获得一座庙宇

原载《诗刊》2013年5期

我是树下的影子

马志刚

我是树下的影子
和木耳蘑菇杂草在一起
我挪不开一棵树或一棵草
我想成为水
上善若水的水
但我洗不净身上的俗世

我是树下的影子
风吹不走我
雨浇不灭我
泥土也覆盖不了我
我和自己面面相觑

我是树下的影子
我躲不开我的身世
我顺着影子寻找光的来源
它不同于火
在纸上能烧出窟窿

选自作者博客，2013 年 5 月

情 花(节选)

怡 霖

一

你的吻痕，是我身体最多彩的图案，那是一朵永不凋谢的情花。

你是我从降生就开始的梦，直至遇见你，我才在梦中笑了。相遇与相识的人漫如繁星；唯有你，是皓空的一轮明月，将圣洁的光洒入我的清梦。

你孤独地踏上归途，其实正是来路，我就在莫愁湖等你。你带着满袖秋风奔赴，我变成秦淮河畔的古柳林，青青垂杨便是我的依依叮咛。

想你的时候，即便孤独，也不再有寂寞的感觉。

恨君不似江楼月，南北东西；南北东西，只有相随无别离。恨君却似江楼月，暂满还亏；暂满还亏，待得团圆是几时。

你在，无论阴暗还是阳光，心底都是晴朗；无论白天还是黑夜，心底都是安宁。你无奈地离去，非是叛离我，而是为了来日更久长地厮守。

二

我一夜一夜从梦中醒来，拥抱的却是空空如也。我一次一次地梦到你关切的目光，梦到你磁性的声音，梦到你深情的双手。我只愿此生与你拥眠，埋进你宽实的胸膛。

我要同你穿越这不朽的黑夜，穿越生命的沧桑和辽远，穿越俗世的春天和人生的秋天。我要同你穿越那无法穿越的死亡和永恒，穿越那遥不可知的未来和永不消散的静寂。

在时光的隧道中，我的骨头醒着，为的是聆听你的脚步；我的身体醒着，为的是等待你的亲近；我的思想醒着，为的是迎接你灵犀的飞渡；我的灵魂彻夜不眠，为的是与你的灵魂相契相栖。

冥冥约定了，在百花盛开时，我们相遇；在知了欢唱时，我们相知；在秋菊烂漫时，我们相爱；在白雪飘舞时，我们相守。

劝君莫羡桃李花，桃李花开易飘逝。劝君景仰松柏色，松柏长青从不凋。

一年四季，日日相好、月月相眷、季季相恋。

人生若无相思饮，枉来世间走一遭。蓦然回首，发现我曾经的情，过去的爱，都不抵你一次牵手。我是如此忘乎所以，我是如此梦回依依。

在这夏日如火之晨，我愿化成一只蝶儿，踩着你的足迹，追随你的身影，停靠你宽厚的肩臂，日也厮守，夜也厮守。哪管潮落潮起，哪管日头东西。

选自作者博客，2013年5月

坐在稻田里

谢小灵

坐在稻田里
一坐就是一天
坐在阳光的阴影里
一坐就是一天
坐在南风里
一坐就是一天
没有打开天窗
我依旧说
发亮的话

原载《人民文学》2013 年第 5 期

那拉提空中草原的哈萨克少年

潘红莉

没有翅膀我们也在空中　微风吹绿这里
使马儿剽悍　使我有飞翔的高度俯瞰
马背上的少年　天空离你那样近
我离你那样近　我不能触摸你手中的鹰
在高处它的构成是那么易破碎
那么容易消失　我不能再将它组合和还原

我愿意想象空中的灵魂　骄傲得甚至高贵
夏天的凉不会收走这里的耐心和遍地的绿
少年　你只属于高处松弛的无畏　收敛风光的人
我也突然如释重负　和你一起放弃速度
生命原来可以用这样的姿态　等待
可以将灿烂安静地放下　在这里平静简单

少年　是你定格了天空下的画面
你骑在马背上　手中有鹰　远处草原上悠闲的马群
拉开天幕　那些金黄色的野花蔓延
没有距离　从呼吸到心　是我们

原载《诗刊》2013 年 5 期

清明诗

牧 斯

你能知道，我们向下挖掘，
他们挖掘我家的祖坟，
我还以为我们挖掘诗，
我还以为他们挖掘武林秘籍。
但他们处理掉墓花，挖出一个棺材形的坑，
推倒墓碑，我一向形容的模糊的名字。
我家族的一个武秀才，他没有财产，
也许只有两把刀，在肯塘村
砍斩两根手指的刀，在广东
挑死一个武状元的剑。它吸阴阳
两百年；它被后辈敬仰，长满蒿草；
无论是卑微的还是有身份的后辈
都往上面培土，终究，小山一样。
终究，明白一些事理；人们，在艰困时
求它一些道理。它雄姿勃发——
它醒着，在我们那一些的魔咒中。
在我们那一些催生催死催好运的仪式中。
我辈看得悲切，我母亲看得晕倒，
我父亲艰难地竖起墓碑，七十多岁的他们

仿佛重新安葬一次。春风煦妪，
万物凛冽。我不想诅咒那些人不好，
我也不想认为我们家从此运气不佳，
如果，他们还算是我写作的仙气。

原载《元知》2013 年 5 期

开江的心情

牛　放

宋词中的月光
在汉语的语境里成为一种心情
夜阑人静时　引诱我抵达开江
而春天此时已经悄然离去
月华固执照临
晓风残，秋水漫过杨柳岸
我望着广袤的夜空
嘲笑那些飞翔的蜜蜂为桃花积劳成疾
循着月色的流苏
我终于敲开了一扇门
发髻高绾的女子
从宋词中款款而来
轻盈的笑容定格于古琴上的一首曲谱
依然是月亮煽动我大胆地掀开她诗歌的封面
看桃花肆意盛开于她的红唇
以月光为背景
我与桃花娓娓而谈
之后　我的血管开始生长桃林
那颗把持不住的禅心顿时被春光灼伤

从此皈依桃花的芬芳

而过去的日子则被彻底剖开

仔细翻看那些捂得太久的幸福

几乎全都长出了深红的霉斑

而月光，此时已经退回宋词里睡成了一个词语

原载《草地》2013年第4～5期(合刊本)

元普在团鱼丘

周瑟瑟

元普在团鱼丘犁田，他埋头犁田看不出有什么痛苦
牛埋头向前抬蹄，人与牛默默无语
犁完这一垄就收工回家煮饭
元普的娘得了喉癌死后，他独身一人

月亮照得蛇山坡心里发慌
虫子爬出来吹凉风，田埂、塘基、山峦暗下来
团鱼丘有一股浸水，我曾踩入其中
凉得我脚板抽筋，我一生不能忘怀的凉气进了脚板心

元普洗了洗脚，弄出栗山塘里哗哗的水声
我还以为是鲤鱼泛仔，静逸的空气里春天来了
元普肩扛铁犁，手挽牛鞭，摸黑牵着疲惫的水牛
我跟着这个皮肤涂了桐油似的单身汉在塘基上走了一段

我问他：普哥你肚子饿不?
他突然一笑，露出一排白色的牙齿，夜色里惊了我一身汗

原载《诗选刊》2013年第5期

六月

致鲁米

欧阳江河

托钵僧行囊里的穷乡僻壤，
在闹市中心的广场上，
兜底抖了出来。
这凭空抖出的亿万财富，
仅剩一枚攥紧的硬币。
他揭下头上那顶睡枭般的毡帽，
讨来的饭越多，胃里的尘土也越多。
一小片从词语掰下的东西，
还来不及烤成面包，就已成神迹。
请不要以吃什么，请以不吃什么
去理解饥饿的尊贵吧。
(一条烤熟的鱼会说水的语言)
托钵僧敬水为神，破浪来到中国，
把一只空碗和一副空肠子
从笔到农具，递到我手上。
一小块耕地缩小了沙漠之大。
我还不是农夫，但正在变成农夫。
劳作，放下了思想。
这一锄头挖下去，

伤及苏菲的动脉和闪电，
再也捂不住雷霆滚滚的石油。
多少个草原帝国开始碎骨，
然后玉米开始生长，沙漠退去。
阿拉伯王子需要一丝羞愧检点自己，
小亚细亚需要一丝尊严变得更小，
天使需要一丝愤怒保持平静。
这一锄头挖下去并非都是收获，
（没有必要丰收，够吃就行了）
而深挖之下，地球已被挖穿，
天空从光的洞穴逃离，
星象如一个盲人盯着歌声的脸。
词正本清源，黄金跪地不起。
物更仁慈了，即使造物的小小罪过
包容了物欲这个更大的罪过。
极善，从不考虑普通的善，
也不在乎伪善的回眸一笑。
因为在神圣的乞讨面前，
托钵僧已从人群消失。
没了他，众人手上的碗皆是空的。

原载《上海诗人》2013年第6期

一截截

严　力

在餐桌上有人谈到了唐老鸭
突兀之外也不算突兀
反正动画片的实质
就是在说人的故事
可盘中一截截的鸭脖
传出了断断续续的声音
精致的配菜红绿相间
仿佛春天的田头端上了桌面
食欲的眼光洞穿人性的隐喻
地球上的歌声
早就被切成了一截截
经常是其中的一截被选作了国歌

选自作者博客，2013 年 6 月

筛

刘 川

我心里有面筛子

用力筛着

我心里的人

有大有小

有男有女

有高有矮

有胖有瘦

别担心

当谁不是人了

才会从我的心上

漏下去

原载《扬子江》2013年第6期

水，绵延的眷恋

庄伟杰

2010年盛夏，“中国水都”之旅。打这以后，我对一个叫丹江口的城市，萌生了一份牵挂。默读和感知丹江之水，则生发了绵延的眷恋……

——写在前面

1

行走在丹江之畔，看山与水相映的长卷画幅，读纵横交错的阡陌，以及水流过土地呈现的纹理。你发现了我的发现，我感觉着你的感觉。

那些可爱的小鸟，因为渴望飞翔，在江畔啼唱。田野上的庄稼、道路两旁的树木，在风的触摸下，散发出山水的气息。这时，我听到顺流而下的江水，正放慢脚步，舒缓地走向开阔与平和。

2

谁说水只能栖居于浪漫的乡野小镇?

水，无处不在。只要有水的地带，生命就能诗意地栖居，并且繁衍、生息、扩散……

是的，水如母性，氤氲出花间酒的香气，消解了我们难以诉说的忧伤，让你沉醉在幸福的包裹中——

体验到命运的际遇，灵魂的疼痛；感悟到土地的慈祥，岁月的悲欢。

怀揣诗歌的我们，漂流在异乡。水的滴答，是最朴素的歌唱。

3

再次回首，临窗读水。

飞越山川的牵挂，伴着日月的升腾。我看到那湖微茫的烟波，始终回旋着种隐秘的力量，坚韧而柔软。

于是，我把隆起的山峦当成男人，把幽深的碧水读成女人。碧水与山峦，幽深与隆起，相对或相拥，都是一种缘。因为彼此回望，让想象渗透着诗意。

此刻，你能否听得到我枕着江涛的呢喃与梦呓？或者，看得见天地山水间萦绕的呼唤和眷恋？

4

面对着水，面对流过我们身体，也流过沉寂土地的水，不知为什么，陶醉其中的我突然变得如此暧昧。

蓝在水之湄。在距离的美学中，水的童话，由来已久。一切是那么清晰，又那么虚幻。

我儿时的天真与少时的烂漫、梦想的青春与放逐的精神，在你的舞蹈和咏叹中，获得意外的注解。

故乡在源头。从流漂荡的我，渐行渐远，任意东西。属于我们的河流刚刚敞开，远未结束，似在挣扎，涌动，奔腾，鼓荡。

我知道，唯一的选择是一往无前……

5

喜欢临水而居，正如喜欢柔情似水的诗歌。

带着或浓或淡的酸甜苦辣，行走在起伏跌宕的大地上。以江河流动的方式，从少年到青春到走向外面的世界，乃至走向没有尽头的边缘，过程或长或短，或快或慢。

如果眷恋也能起舞，如同绵延不息的江水，幸福的闸门是否永远为多愁善感的诗人洞开呢?

在水一方。我在这边深水自流，你在那边静流无声。当远方的问候和呼应，像一股活泉从高处飞流而来，掬一把捧在唇边品味，一份难言的感动令人唏嘘。如水，似梦。

原载《橄榄叶》2013 年第 6 期

灯

杨 林

与你重逢，是在我交出灵魂之后，
将世界所有的黑，
藏在体内。
风，不能替我吹灭一切原罪，不能示人的私欲，
烧毁成灰。
你将我的忧伤倾倒在地，我成为你摇曳的影子，
成为你透明的水。
你是我双手合十生出的那缕火焰，
让我身心合一。
在闪烁之中飘忽，你是我最陈旧的地址，
当我将自己邮寄给你，什么时候，
我还能返回尘世。

原载《特区文学》2013 年第 6 期

1970年的记忆片段

马永波

仿佛坐了一夜的火车，从伊春到克山
仿佛那火车被煤烟熏得漆黑
午夜，我们和几只木箱抵达了车站的泥泞
黑色的泥泞在闪光，那应该是早春
县城一片漆黑，仿佛一座空城
我伏在母亲背上，刚刚睡醒
努力地透过她的灰棉猴吸取着温暖
听她年轻的心跳透过棉絮的隔音层
仿佛透过遥远的岁月传来
站台上只有我们一家人，高大的父亲军装笔挺
还有一个十四岁的少女
和她的两个弟弟，垂手站在光的裂缝里
说不出话来，仿佛一下子沮丧地进入了成年

原载《延河》2013年6月

款 待

路 云

掏空一滴水，做个小房子，
如此不再贫乏，孤单。
一小勺惬意，从内部上升，
渴念结出一层薄冰，庇佑我深入
一场初吻中的酷暑和秋凉。
沉默是冰封之下的河水，往事
自由出入，摆动尾鳍，免除
霜冻的管束和深水中的寂然。
我乐于用指间的风，弹奏露珠中的
四季，你的眉睫成林，结满浆果。
唯有舌尖上的波光，把汗滴追逐，
密切的汗花开满银沙滩，至乐无边。
众人散尽，沙粒发出细小的呼声，
心底里的话，应和着沙沙的海浪，
析出晶粒，倾满盐罐。每一个日子
都是一把小勺，贴心贴肺。
浮光中漂白的倦意，晾在哪里，
哪里就有朵朵闲云，摘下来
酿成土家红，黑糯米是她的母亲。
带着微醺的快意，启程吧，你，
麓山用一片枫叶包裹好我们，
托付给一阵凉风，哦嗬哦嗬。

选自作者博客，2013年6月

一个人的寺院

施施然

黄昏与大海如此接近。云幕低垂
闪电将天地缝合

天乐在海浪白色的键盘上
弹奏。琉璃瓦的
金光点燃了整座寺院的寂静

夕阳照亮了佛像。烛泪在芭蕉的气味中
缓缓滴落
穿过空气升起了幽远的梵音

殿堂空旷。尘世随海水退去
我在其中，仿佛置身西天的幻境

在海边的寺院，我心灵的壁垒轰然倒塌
众神无声地立满我身后

原载《绿风》2013年第6期

重新安排的名字

谭延桐

我总是记不住他们的名字。就像一阵狂风吹过
刮走了本来就不属于这里的叶子。我知道这不怪我
也不要紧，甚至是件好事
腾出空间来，可以存放更多的明净的名字
发光的名字，温暖的名字，芬芳的名字，有营养的名字……
我知道，什么名字装在什么里面。即使灵府的空间再大
也应该将一些拒绝发芽的名字
坚定不移地请出去，免得它们像荒草一样占地儿，碍事儿
我当然也知道，对记忆过于勉强了
记忆就会有很大的意见，最终形成坚硬的意见派
或者闹情绪，或者消极怠工
或者干脆自己溜出去，夜不归宿……
总之很叛逆，该配合的绝不配合。这会让心怀良愿的人
哭笑不得，甚至疯掉。知道得越多就越是想得开
不再在一些名字上花费太多的工夫，更不再继续
给它们扎舞台。只让记忆慢慢合拢
从而越来越紧地
抱紧那些像大树一样茂盛的名字或像钻石一样璀璨的名字

并和它们一起，使劲儿地长，使劲儿地闪烁
能使多少劲儿就使多少劲儿，挥霍自己所有的力气
即使有更多的狂风舰队从这里经过，也运不走长势非常好的
任何一个笔画，以及在笔画里孕育着的果实

原载《延河》2013年第6期

落雪之前回家

西 可

我一直走在雪中
穿着这件过于纯洁的衣服
不要惧怕泥淖
甚至火焰和暴风雨

我已经顿悉爱情的痛苦
到心到髓的恐惧和战栗
只此一生的丈量
无法赠予任何人

但是，没有谁能阻挡我的脚步
从相遇的那一刻起
善良的一切爱意
就在我的心里安家

原载《大西北诗报》2013年第6期

墓　碑

宁　明

当我永远躺下的时候
这块一直躺着的石头，才能站立起来
墓碑是我身后最坚定的影子
不论头顶上有没有阳光
从此，它都不会离我而去

我决不相信刻在墓碑上的颂词
永垂不朽多么自欺欺人
真正的碑文写在背面
虽无一字，真心怀念我的人
都能读懂

人已死，爱与恨皆被放下
如果，有“情敌”寻来
将墓碑愤恨地推倒，或拦腰砍断
我一定装作视而不见
决不会从墓碑后站出来，把这块
受委屈的石头，重新扶起

原载《海燕》2013 年 6 期

渔　火

王　凡

必须以海底的黑暗来形容它的亮度
或者一个人遭遇风暴时的绝望与迷茫

它不是需要仰望的星光　也许风会让它熄灭
但至少它让大海的内心变得不那么恐惧

黑夜里　这小小的光芒　这微弱的温暖
更像是渔民战栗的心灵得到的一粒镇静片

它还可以是太阳抖落的灰烬　当岁月沧桑
大海渐渐遥远　它的光亮还被破残的渔船供养

所有的渔火　与海面上巨大的黑暗相加减
剩下的　就是渔民们略显暗淡的人生

原载《中国诗歌》2013年第6期

谁，推倒了我的房子

夏 花

谁，谁推倒了我的房子
永恒暗夜
循环着不死的汹涌

放那些光进来
照亮尖锐悲鸣

照亮背影，消失的孩童
照亮无声，再难重返的生
迷恋与纷争

在永远等你
在最后的家园
无边的建筑，窒息的残垣
在最深的底处
伸展梦境
睡下，是梦境；醒来，还是梦境

谁，谁推倒了我的房子
今生的旅伴，以及
远去的人声

选自作者博客，2013年6月

气　度

乐　冰

我读《弟子规》
诵《大悲咒》
用爱缝补生活的创痛

早已过了年少轻狂的年龄
总想取走生活中最本质的事物
这让我对一日三餐
有了感恩之心

还要学会沉默
还要学会低头，弯腰
还要在心中建一座庙堂
懂得敬畏，参拜
让内心像大海一样蔚蓝

原载《诗林》2013 年第 6 期

刮　痧

唐德亮

痧深藏肉体深处
就像魔鬼
埋伏在黑夜深处

碗沿强吻皮肤
让黑色的血丝
痛苦地爬满脊梁
“魔鬼现形了”
我又惊又喜

其实我也分不清
谁是痧谁是血
哪些是红艳的幸福
哪些是紫色的痛苦

原载《红岩》2013 年第 6 期

恩 赐

王 琪

又一次慢下来
距长城遗址不远，背阴的地方
众神尚未开口
就有一件旧衣裳
轻披在念经者的身上

宝石蓝样的晴空
仿佛是我一生的迷恋
只是大马营草场
跌碎的阳光，不要轻易
割痛那颗蒙尘的心

允许我顺着西夏的罡风
看到陌生的面孔
在马蹄四处飞溅的星辰下
看到如风的灵魂

祁连山下，北望苍茫
清凉一夜的月色
是否，能让白露打湿的眼睛
收藏永世传颂的西部故乡

原载《星星诗刊》2013年6月

苹　果

雁　西

1

从今夜开始，我就是
树上的一只苹果，同样
会说话，有爱情的迷惑
在梦里，变成一只苹果
在我看来，苹果的形象
或许就是这个世界，最像我
最能表达我心情的代言
有了苹果，在我的诗歌里
就会有呼吸和生长，就会
有青色的皮肤和春天
有红色的面容和秋天
还有熟透之后的丰盈

2

比如微笑，很有可能
会改变月亮的方向，甚至会
改变命运的航程，在北方

或者说北方的四月

在那些忧伤的十二月，想象

更为遥远，保持歌颂

我知道：来之不易

曾经的折磨和虚伪的表情

仿我最终，仿佛世界将我

遗弃。谢谢微笑

你让我开始转向

更远的远方

选自作者博客，2013年6月

善于遗忘

周荣新

冬天，我们会把扇子忘掉
夏天，我们又把炉火远离

过了河，有几人回想摆渡的船
下了山，谁还会记得一步步登临的艰难

人或许是最善遗忘的动物
只因眼睛在前，良心长在了脑后

原载《诗潮》2013年第6期

一池莲花

周占林

弯下腰
弯下了我所有的高贵
弯成了一池的
欣喜和快乐

于不经意间
把小莲庄
所有的丰腴和性感
带在了身边

那些莲花
都把根扎在水的深处
无论污泥有多污
无论清水有多清

这就是我的故乡吗
我记忆中
缀满亲情与温暖　痛苦与幸福
这，亘古不变

选自作者博客，2013 年 6 月

海市蜃楼

沙　克

每个人都有海市蜃楼
游行在烟雨、水雾和云霭中
混沌，模糊，晃动
——当气象转为晴朗
视觉清晰，那一切消失成空气

干涸的海床，沙土里露出海螺壳
挖下去，挖到底下
鱼骨头比人还大
挖到多少楼阁亭桥的碎片
——车轿里，灌满黄沙

一根鸥毛飘过山丘
渔民的子孙在山坡上植树
空中从没有海市蜃楼
后人发现
好东西都在地下埋着

海市蜃楼是一份矿藏

位于地下百米

连着升上来的泉水

泉眼的钥匙挂在我腰间

原载《人民文学》2013年6月号

火车开往佛罗伦萨

颜　溶

火车开往佛罗伦萨。徐志摩音译成
翡冷翠：这名字好——翡翠冷　冷翡翠
中世纪的宝藏。戴在人类中指上　璀璨六百年
但丁　达芬奇　拉斐尔　米开朗基罗
都是这个小镇的人。我的铁轨偏北
车厢坐满绘画、雕塑和建筑
四十多个博物馆和美术馆和我交谈
她们早年远走　是我血缘里的亲人
翡冷翠。你的尘土
从阿诺河上穿过　天堂之门盛开百花
翡冷翠。此刻
你的翡翠微冷。遗址之上
那么多百年之后　空无来者啊
想起告别比萨时
斜塔　猛倾斜了一下

原载《诗林》2013年第6期

兄弟们在哪里

衣　郎

我的铜兄弟们，你们在哪里?
我时刻在寻找，十年时间里
我弯腰，弯下目光
在泥土里刨，在词语里炼
噼啪作响的柴火里我看到过你的影子
你总是在暗处为我支起
活着的理由、写诗的理由
爱的理由以及温存的眼神
就像孩子们的五彩画笔
信手勾勒出这夜晚的寂静
这磨亮的铁器，这词不达意的表白

铜兄弟，你取走了我十年的光阴啊
提前把最美的人世间留给了背影
我总是想靠近一种坚硬，在生活里
淬炼出质地醇厚的美和彻骨的痛
在泥土里，我刨出了青草般的忧伤
蜗牛负重的壳，雨水的痕迹
山歌里漏掉的那一句唱词

在词语里，我炼出一段绝唱
一尾小金鱼自由的身段
落叶的念想以及风的执着

我小心擦拭着这铜的兄弟姐妹
生怕惊扰柴与火的秘密对话
泥土里兄弟们为即将到来的秋天狂欢
他们的合唱会不会接受我的到来?

我想再用几个十年，继续寻找
铜兄弟的下落，找到它失散多年的魂魄
为它指引回家的路

原载《海东时报》2013年6月

柳树岛睡了

陈树照

柳树岛睡了

小木屋也睡了

水鸟落水的声音

醒在轻涌的月光里

冷风带着露水袭来

我帮你披上毛巾被

我们站在窗前　听远去的水声

仿佛来自隔世

多静的夜啊

对岸的渔火　时隐时现

水雾从江心慢慢滚起

能听见彼此的心跳与呼吸

突然　一阵咳嗽

从沙滩的帐篷里传来

白天那个帮我们上岸

白发的老渔人　他的哮喘病
今夜又发作了

灯光里　那颤颤晃晃的身影
是他八旬的老伴在织网

原载《诗江南》2013年6月号

再写母亲

陈衍强

每次她从老远的乡下来县城
都要给我背点洋芋　南瓜　海椒
其实这些东西
我花十块钱　就可在街上买一袋
不是我嫌它们太乡土和廉价
我是心疼她那么大年纪
好不容易种出二十四种以上的植物
我真的不忍心母亲佝偻的身子
进城看儿子还要加重负担
我也知道　除了这些
她再也拿不出别的慈爱
所以　它们比黄金还珍贵
看见它们　我就看见她的命
一个洋芋　一个南瓜　一个海椒
都是她用命种出来的
只要粮食和蔬菜还新鲜着
我的母亲　就活着
并且在山坡上累着

原载《诗选刊》2013年第6期

当你说我是天使

黄　芳

当你说我是天使，是
风中飞翔的天使
我转过脸，低下头——
30 年来
我在尘世被各种风吹着
或轻或重地吹着
我认得它潮湿而厌倦的春天脸庞
夏天它疯狂而炽烈的脾气
我记得秋天里
它高而薄地行走，走到
冬天门前，它的嗓门儿又大又冷
30 年来
我在尘世中奔走
或轻或重的风，吹过
绿的山峦黄的木叶
——吹过我
而我不曾生出翅膀

原载《十月》2013 年第 6 期

袋 鼠

老 德

此刻　我把儿子
想象成了一只袋鼠
他在墨尔本的马路上
欢快地蹦着　有时
也会乘车去悉尼
但他从不进悉尼歌剧院
那里人满为患　每个
袋鼠手里都牵着一个淑女
他说　这样太缺乏鼠性
况且　歌剧的尾声部分
袋鼠的生存空间
越来越小　人人自危
好在暑期将近　他可以
打点行装　回国
一出香港机场
他又将变成一只猴子

原载《新诗典》2013年6月

僻静之地

李寂荡

来到一座陌生的城镇
走出熙熙攘攘的客车站
我不愿住在喧闹的街市
我请出租车司机带我去寻找
一处僻静之地
司机带我到了城郊
找到一所带着院落的客栈
推窗便可看见农舍和田畴
紧接着，我便听见了
尖锐的汽笛和轰隆隆的声音
——这客栈紧挨着铁轨
一列接一列火车呼啸而过
我在这个异乡的夜晚就这样
被一列列开往明天的火车辗得粉碎
梦境被一次次穿越
像一袭千疮百孔的睡衣

原载《东莞文艺》2013年6期

墓　园

李云枫

你不明白为什么会站在这里
在错综繁杂的树荫间，夜枭啼鸣
你将手指放入口中，想让自己醒来
可你感觉不到疼痛
可你能够感到细细的冰冷，和如水的月辉
你无法移动身体
你感到悲伤自脚底涌起
你感到我在你背后向你凝视
我带你来到这里，只是想让你看到我的那块墓碑
想让你看到它被杂草覆盖，字迹残缺
只是想让你记起我，和一点久远的往事
只是让我再次在你的梦中，如烟隐没
彷如上帝留下的一点残缺代码
使你在噩梦中频频惊醒，却又茫然无措

原载《新大陆》2013 年 6 月

一滴泪的隐喻

邹联安

一滴泪
从月光中掉下
砸向记忆的伤口
思想的泥石流顺势而下
悲剧，卷土重来

一滴泪
在你我之间逗留许久
今夜轰然滑落
所有故事都摔成了重伤，
剧痛，在诗中发作
在身体与灵魂之间嚣叫……

原载《诗歌月报》2013年第6期

人生之书(组章选其二)

语 伞

扉 页

静默，取代了所有的修辞。

这样的夜晚，我在空旷的黑里，点灯。

我所追寻的万里晴空，一口吞下通往远方的路。来不及收好茂密的脸谱，一天的二十四小时就已破裂。

抬头望，银白色的骨头弯下脑袋。我脖子一晃，它就掉进了凄怆的深渊。

故乡，越来越像一个谜语。

时间不断更改谜面，我不知道，我一眼还能认出多少乡亲?

唯有田埂上的马兰头，像偷懒的媳妇遛进了城，偶尔在菜场朝着我羞涩地笑。好熟悉啊，她们让我时常怀抱乡愁，带我回到蛙声与蝉鸣中间，重读我浪费过的那条小溪。

这么多年，天上掉下来的碎步阳光和正步雨水，我统统都接住了。

唯有一些萍水相逢的人，渐渐被迁徙的脚步挤走。

永远挤不走的，是故乡的身影。

任我怎样挥霍距离的自由，把一行诗句藏得多么偏僻，她都能将早已陌生的一切，像风筝一样拉回来。

她安住于我的时间扉页里，不是由我来定，而是由半块月亮主宰。

翻开大地上的事情

谁的骨缝里储存了亿万吨鸟鸣，谁的暮色就已经不是一个人的忧伤。

愿意把光芒镂空的人，应该站在山的高处，翻开大地上的事情，和流云亲切交谈；一阵寒暄之后，还可以把整个天空都租下来。

我读虚构的森林，正如我读外滩的雨。上海镌刻着我朝圣的梵经。我在这里打坐，参禅。信仰，渐渐升高，不再依附倾斜的往事。

黄浦江仍在演说。历史，已是一枚发黄的书签。

翻开大地上的事情，最容易寻找的金矿都藏在人的胸怀里。

所以惆怅，应该是这个时代的惆怅。

五千年的大风刮一次，我们找到远古的祖先。

祖先决不容忍某些寒冷的字，戴着彩色的头套，睁着兵器的眼睛，公然站在天下醒目的位置，像无数难以攻陷的城堡。

靠着句子里的短亭长廊，草叶在胸前写下晨露的注解：

其实，到处都有大声朗诵阳光的人。

从大地的第一页，到最后一页。

原载《散文诗》2013 年第 6 期

给李煜——

大　卫

我不敢坐你的位子，正如你不敢
过我的日子。你要考虑国家和
国家上空的月亮。而我
要在大时代里抒写个人的小忧伤

一江春水是一种修饰
一江春水向东流又是一种修饰
我们共同提到了小楼，但你
加上了“昨夜”——还嫌不够

男人无非两种，一种是动物型的
一种是植物型的
作为南唐最后一棵树
你是高大的常绿乔木，也是
低矮的落叶灌木
冬天，你枯萎得非常好看
雪花一样好看，梦幻一样好看
一瞬即是千年，我的王，你枯萎得
一天比一天好看

然后忧伤就有了重量，我的王

植物型的男人越来越少了

你让忧伤有了重量，因此你是更大的忧伤

原载《鲁北文学》2013年第6期

大风吹过胡杨林

李小洛

是天山不灭的夜灯
飞行的瓶子，海水漾动
是深夜，航班
一万米的高空

温暖的翅膀
送来风声
是你，穿行
在这个秋天
赋予胡杨树
不一样的内容

提前离开的人
会传来短讯
无需告别。怀念
风起时，流沙动
我们，爱上我们共同的
暮年。雨水匮乏
一座荒凉的城

原载《诗歌周刊》2013年第6期

七月

圣地和乐土——写给海东的诗句

吉狄马加

在那里。在那青海湖的东边，
风一遍遍，吹过了
被四季装点的节日。
尽管我找不到鸟儿飞行的方向，
但我却能从不同的地方，
远远地眺望到
那些星罗棋布的庄廓。
并且我还能看见，两只雪白的鸽子，
如同一对情侣般的天使，
一次又一次消失在时间的深处！
在那里——天空是最初的创造，
布满了彩陶云霓一样的纹路，
以及踩高跷人的影子，这样的庆典，
已经成为千年的仪式！
谁是这里的主人？野牦牛喉管里
喷射的鲜血，见证了公正无私的太阳，
是如何照亮了这片土地。
在那里。星月升起的时间已经很久，
传说净化成透明的物体。
这是人类在高处选择的

圣地和乐土。在这里——
河流的光影上涌动着不朽者
轮回的名字。这里不是宿命的开始，
而是一曲光明和诞生的颂歌。
无数的部族居住在这里，
把生和死雕刻成了神话。
在那里。在高原与高原的过渡地带，
为了生命的延续，颂词穿越了
虚无的城池，最终抵达了
生殖力最强的流域。在那里——
小麦的清香从远处传来，温暖的
灶坑里烘烤着金黄的土豆。
在那里——花儿与少年，从生唱到死，
从死唱到生，它是这个世界
最为动人心魄的声音！
不知有多少爱情的故事，
在他(她)们的对唱中，潜入了
万物的灵魂和骨髓。在那里——
或许也曾有过小小的纷争，
但对于千百年来的和睦共处，
它们又是多么的微乎其微。
是伟大的传统和历史的恩赐，给与了
这里的人民无穷无尽的生存智慧！

在那里——在那青海湖的东边，
在那一片高原谷地，或许这一切，
总有一天都会成为一种记忆。
但是这一切，又绝不仅仅是这些。
因为在这个星球上，直到今天
人类间的杀戮并没有消失和停止。
在那里——在那青海湖的东边！
人类啊！这是比黄金更宝贵的启示，
它让我们明白了一个真理——
那就是永久的和平和安宁，只能来自于
包容、平等、共生、互助和对生命的尊重！

而不会再有其他！

选自作者博客，2013 年 7 月

雅　歌

树　才

我们的车开向前方
难道那就叫未来吗
从沙溪移向湖州
当然还得求助于轮胎
道路转动的时候
大地上的一簇簇灯光
像精灵们围在一起跳舞
今天有人问我为什么读雅歌
他不知道我在为你写
心里的爱能写出万分之一吗
夜色把黑暗都变得温柔
这一寸一寸的路途
盯得我眼睛发酸
一个人还情不自禁地落泪
你说是为了谁
你说这天空中一闪一闪的
是灯光泪光还是星光
你只好高高地照着我
就当我是一片失眠的树叶吧

一缕光就给它满身幸福

我不应该羞于说我爱

我甚至爱你的不在

我甚至愿意忘记未来

仿佛前面的路全是记忆

仿佛未来就是眼前

原载《时间搭成的阶梯》，2013年7月

亡我之心

荣 荣

揽镜时分她陡起杀心：
干掉这双脚　前脚之深后脚之渊
干掉这双手　这霜打之枝
不久前还在触摸云彩
干掉这个身体　它在旧衣裤里窝藏了
无边的虚空　居无定所之心

干掉她　干掉这镜中之人
她嘴唇荒凉　眼神冷漠
仿佛已死过几回
下一刻还将去涉险：
晚来雨急　野渡舟横
她危险的腰身里装满了自戕之酒

风大了不打旗　月黑了好出手
干掉她　当死亡也是一种依靠
干掉她　趁她仍在镜中
人到半百　她想干掉的正是她之所爱
她厌倦的一切与她的面目相称

原载《人民文学》2013年7月

在太原晋祠

龚学敏

我在周朝的三岔路口结庐，掘井，预言飞机们的晚点。
身影在柏字写下的鸟鸣里长生不老。我的一生炼成一枚汉字，
从周至此，卵一样，漂浮在水中。

鱼比我站得高些。我在夏日的戏台上粉墨，荷叶们性别颠倒，
我终是不出，把嗓子吊在那根草救命的地方。烽火三万里，
呛着我了。导游身着的历史在小褂子里一边偷窥，一边生长。

在太原。我看见晋祠站在纸搭成的桥上。汉字们蜂拥而至，
飞机是从柏中伸出的金属，与西去的鹤一同，朝着我担心。

金属的花朵和导游虚假的姿色，开放在午眠的砚台上。
唱戏的诗人用泉水研墨，染发。把整整一个清晨的句子，
泼向空中。飞机们在宣纸上聚散自如，像柏潜伏的儿女。

和柏匹配的是一只叫作暮色的乌鸦，长发，穿着飞机的外套。
并且，用熟透的杏，算计抵达周朝，需要多少个圆润的爱情。

选自作者博客，2013 年 7 月

也许迎宾的确只有福克这么一个朋友

侯　马

迎宾去找福克
被蹲守数日的警察带走
有机会说了一堆话

“我真不知道他杀人了
我是他朋友，过来聊会儿天
我们野外小树林认识的，偏，没人去
我不知道他干什么的
问过一次，他说我的事你少问
我这人爱聊，他爱听
除了他没别人听我聊
一般我两三月找他一回
憋得时间长了就过来
他什么时候都在，一个人
我聊上半个多钟头过瘾了就走
他听，不说话，爱听不爱聊
我也就他这么一个朋友，
想聊了也只有来找他
没想到碰上你们了。”

警察问我们对你怎么样

迎宾脱口说太够意思了

跟我都聊了一个多小时了

选自作者博客，2013年7月

弗兰德公路

李成恩

乌云压向公路，乌云滚向卡车司机
拖不动的乌云自己来了

我读出了雷声，笨重的雷声控制了我的阅读
乌云引导我青春的审美
我看不透这个叫西蒙的法国人的技巧
他的小说搬不动我审美的公路
他的小说浪费不了我的眼泪
因为我根本没有眼泪，我喜欢乌云滚动

卡车司机一样的女子卡在了书页间
公路进入了我青春的早晨
我要沿着这条公路出发，就像一个文字的战士
我发现了西蒙的战役

公路上的乌云，跟随我出发的乌云
弗兰德，弗兰德，我愿意说出对结构的仇恨
为什么要绞杀修辞的青春
世界就这么无知与无私
跟随你来到弗兰德公路，像没有目的审美
即将陷入青春的战斗

原载《山东文学》2013 年第 7 期

乡愁的刻度

况　璃

丘陵、山村、庄禾，她盛产故事
被童年包装，被少年追逐，被青春激荡
稻花的芳香洒满少年路，心事结种五谷
麦浪被风掀开的梦，挂在桑榆暮景
今天记忆叠成的立方推演经年想象
放大追逐的时尚，心绪结满故乡
像儿时的童装穿上年轮，回收大把的年岁
童贞像缺堤的河水，冲刷曾裸游的小河

她的期冀是我梦的引擎，感动远走天涯的游子
潜过岁月沟壑，魂归故里，让童年的游兴
点击生命中最具灵气的诗章
一棵思念的大树覆盖了故乡的肌体
一烛迷惘的幽香缠绕故乡的屋檐
她流淌乡土的汁液如小溪奔腾的歌
唤醒沉重踏出的故乡小路

故乡有截影子植入我青春的记忆
我思乡的愁绪是故乡流动的韵脚，披上云彩的服饰

像天上游走的云片裹着故乡湿润的躯体
所有的光阴垒泊在那里，童心挂在山边

相思越陷越深，我默写走路的影子
两只蝴蝶飘过了栅栏，那栅栏是我童年一堵心事
等到蝴蝶飘过老屋门扉，心事随时幻化心的情景

绕过岁月的弯子，贴在记忆的边缘
拉开人生着色的卷轴，拉动故乡全部思索
像老母脸上积攒的日子，展开一路慈祥
这时故乡裁出一缕霞光，染红过往山路

回眸童年，安岳是我铺满童趣的乡土
乡情酿就陈年老酒，醉品醒着的带着草香的思念

原载《四川文学》2013 年第 7 期

领　带

吴海歌

领带，什么时候，从脖颈，被扒下
现在，我把它重新系好。在脖子上
把结勒紧。我怕它，再次滑落
这是男人谨慎的标志
不管是不是梦，带来的慌乱
是不是挑逗，我都必须，将领带拉紧
像勒紧一匹野兽
内心有十匹奔跑的狼，或猎豹
它们在血液里奔跑
只有这匹领带，能够管住它们
系紧、勒死，锁住一群野心

原载《广西文学》2013年第7期

宿　命

李　墨

我写诗，像我一个人的行走
不懈怠，不停留。功利和风光
唐诗宋词早已占尽，学而优则诗
诗而优则仕。宠，则脱靴侍墨
贬，则边塞为官。比上不足
比下有余，不为五斗米折腰。
而今，这点边缘化的爱好，本质
我只是把自己沿途的见闻和体悟
记录下来，我一直在走
从少年，到青年、中年、壮年
以至耄耋之年。我像一列
遵从宿命的列车，向生命的终点进发

原载《诗刊》2013年7月

我的江湖

赵历法

我的江湖是我五千年的汉字。在我的
江湖，一柄闪电一匹骏马
挥刀斩邪恶，躬身事桑麻
纵横驰骋，都是我的江湖

我的江湖，农人“锄禾日当午”
☐歌唱晚舟泊船埠；我的江湖
“广厦千万间”，没有黄金垒筑的别墅
我的江湖，绿就绿个春满园
红就红个艳阳天

我的江湖，乡试殿考
汉字是唯一的主考官；诗人中举
以民生为重，为官两袖清风
金榜题名，洞房花烛，解甲归田
我的江湖，人生的风景流光溢彩

我的江湖
留守儿童的书声与春风互诵

空巢老人把福利山庄

交给夕阳描红着绿

我的江湖是我祖传汉字的故国

才送朝阳下西岗，又引月光入东窗

陶渊明篱下采菊，一字一韵

铿锵我的江湖

原载《诗选刊》2013 年第 7 期

年近半白

卢卫平

岁月的冬天不会将雪下错地方
白茫茫的镜子里，我的头发白了一半
窗前，半江碧水白白流走
母亲不在了，留下父亲在半个故乡
守着半边天空，白云千载空悠悠
还赞美白露吗？它已在半夜凝结成霜
风雨中的半老徐娘，就是当年西湖边
那个朝思夜梦的白蛇娘子？
无法摘除的白内障里
萍水相逢爱过的人，一刀两断恨过的人
都已面目模糊。白日依山尽
但不会再上鹳雀楼
我黄昏的阁楼里有一张白蒙蒙的书桌
一本白色封面的诗集在等着我
去听白鹤在旷野孤独的唳鸣
去看白鹭在暗夜忧郁的舞蹈
揉皱的稿纸上有我提前写好的墓志铭
我不会交白卷
我不会恐惧魔鬼交卷的铃声
酒肉过后，一棵白菜
足够陪伴我剩下的白发飘飘的半生

原载《长江文艺》2013 年第 7 期

被贩卖的命运

王春芳

鱼虾们自从被网捕
大海就离大陆不远了

它们当中　有身材很好的
肤色很好的　眉眼很好的
曾被大海万般垂怜的

它们离大陆不远了　海风中传来腥臭
腥臭来自一个脚印脏乱的角落

一切的好身体很快就僵了
转世就是来到另一个世界
等着过秤　及死后被贩卖的命运

选自作者博客，2013年7月

黄河入海口

王夫刚

东营人不喜欢和来这里的游客谈论历史
东营的诗人则以黄河口的名义
虚拟了一个诗人部落
与外界抗衡——能够逼退大海的河流
已经不多了——他们认为
并非东营拥有黄河，而是
黄河接纳了东营(谁俯瞰过黄河入海
谁就不会对此提出异议)
东营人不喜欢和来这里的游客
谈论记忆，年轻的土地
更像一个孩子对成长充满了
无法抵挡的好奇——
于是我们去看港口(已经跑到渤海里面)
去看牧场(澳洲奶牛心情不错)
去看湿地公园的芦荻
沿着风的方向带走我们的抒情
去看金湖银河的施工现场
被不断提高级别的尘土

吹得纷纷扬扬：河水还在流淌

大海依旧不动声色

黄河入海口处，东营人

不喜欢谈论历史，但不影响他们创造历史

原载《诗歌月刊》2013 年第 7 期

写给杜甫

敕勒川

你代替我活在那个动荡的年代
你代替所有人活在那个动荡的年代
你独自吞下那些千古的离愁与别恨
你的孤独，是大地的

你用过的词语，都成了金子
像一粒寒霜，你照着月亮的镜子
那里，你的面容一直没有熄灭
你不知道，你潦倒的一生，抬高了一个时代

你生病，挣扎，叹息，像一株草在大地上流浪
你独自登上时光的高处，高处不胜寒啊
除了痛苦和忧愁，你无处安身
你的伟大，是卑微的

你卑微地为生活四处奔波
你没有给这个世界带来什么
你只是将这尘世的苦难
减轻了一粒汉字的重量

原载《中国诗歌》2013 年 7 期

后　主

胡　弦

他喜欢投壶，饮酒，填词，把美人
认作美狐。
“雪是最大的迷宫。”他喜欢旧句子中
别人不曾察觉的意义。
——河山不容讨论，但在诗中是个例外。
他喜欢指鹿为马——雪给他造出过一匹马。
“雪并不单调，因为白包含的
总是多于想象。”
雪继续下，雪底的雕栏像输掉的筹码。
一个压低了的声音在说：
美哦，让人耽留的美，总是美如虚构！

原载《星星》2013年第7期

祖庙的门

张　况

国宝级的鼻孔
佛山神气的出入口
玄机四伏

佛祖、北帝、孔夫子
共用一张漏风的嘴
文明的牙缝里
可以同时挤出
论语、偈语和谶语

呼气：载福载寿
吸气：载乐载喜

原载《诗歌百家》2013年7月

夜晚的旅程

熊 焱

火车窗外闪过的山川、草木和房屋
仿佛我沉默的亲人
仿佛我人生中逝去的光阴
目送着我在这人间渐渐走远
今夜我一路无睡，我失眠的身体
也铺排着铁轨，奔跑着火车
它的汽笛轰鸣着一节节的孤独和疲惫
那些乡愁和爱恋、忧伤和甜蜜
就是那些来来往往的旅人
有的上车，有的离站
有的在月台上黯然地留下岁月的孤单
今夜我多像这星空下的守夜人
我把祝福送给月光，送给风声和流水
送给那些无眠的人，那些有梦的人
那些在夜里不安地梳理着灵魂的人
今夜星光浩大，人世辽阔
无论你是走着还是站着，是梦着还是醒着
也无论你是在火车上还是在轮渡里

是在大洋的彼岸还是在花开的中国
我们都是在随着这时针一分一秒地流逝
在人生的旅程中一路飞奔
在这旅程中我们小如滴水，小如微尘

原载《诗刊》2013年7月

刺　莓

邓朝辉

谁躲避了暗处之美?

我只保留了突出的那一部分

阳光倾斜，越想看越虚幻

神鹿轻步跃出迷宫

我害怕被遇见

这天下午有寂静的好

万物停顿便有痴迷

噤声的树林深如大海

刺莓

它有处子般鲜红的乳头

它有轻轻触及的战栗

原载《湖南文学》2013年第7期

一群乌鸦从天空飞过

韩宗宝

一群乌鸦从天空飞过
我仿佛看到一条黑暗的河流
时光的羽毛构成大面积的乌云
我站在河底　像一个孩子
一动不动地仰望着它
这条黑暗的河流
它自然　从容　热烈
但最终从我头顶的天空慢慢消失
它带走了我石头般坚硬的心
让我无用的肉身
获得了暂时的柔软

原载《诗潮》2013 年 7 月

缝　隙

庄晓明

音乐有一道缝隙
让我自由出入
我刚刚移开
它又自行闭合

这是多么美妙
世界没留疤痕
我悄悄移动
我就是世界的一道缝隙

我滑行着自己的缝隙
如一首乐曲
在时间的巨大封闭里
有着一条蚯蚓的快乐

原载《诗选刊》2013 年第 7 期

八月

西川佛都

梁　平

朱元璋坐在大明的龙椅上，
钦点什邡为“西川佛都”。
这与唐时的罗汉寺有关，
与禅宗八代祖师马道一有关。
晨钟暮鼓滋润的什邡，
古柏立地成佛，
八百六十四平方公里，
都是净土。

殿堂上的五百罗汉，
历经了一千年的修炼——
开口便笑，笑对世间红尘，
凡事付之一笑。
大肚能容纳大地天空，
于人何所不容。
额头上灿烂阳光，
袈裟里浩荡春风。

楼阁飞檐间火冶炼的禅，

在几次灰飞烟灭的浩劫里，
居然毫发未损，居然，
无边无际地生长。
这就是得道的深度，
芸芸众生里剃度的马道一，
以生命的轮回成为西川神话，
成为禅宗的仰望。

原载《作家》2013 年第 8 期

一个诡异的词

马 莉

是一个诡异的词，绊倒了我
我要在你瞳仁的大海里重新扬帆启程
我总在寻找方向，寻找消失的光芒
火焰烧毁了隐蔽的语气，苍白的蛛丝马迹
一次次判断着，一次次怀疑着
沿着梦的边境线疾走如飞，一次次
冲破丝网走向各自最后的结局
你的迟疑就像你沉默的姿态
你的果断却如同出走的夜鸟，用叫唤
咬住黎明，这黎明之鸟太出色、太温柔
也太傲慢，是一个词绊倒了我
它怪诞地生长，在空中走钢丝
这痛苦的玩笑在诗歌中找不到句子
它因此天天猜疑，大胆得小心翼翼

原载《时针偏离了午夜》，2013 年 8 月

一朵云的记忆

灵 焚

1

来过的，都会走的。

都走了，然后，还会有再来的，再走的……

2

从海洋到陆地，从爬行到站立。茹毛饮血，刀耕火种，农业、水利、工业、机械、信息、网络、器官移植、基因解读，直至克隆……你们用你们的方式存在着。

种的、属的、科的，这是你们的分类，这是命名的需要。

3

已经记不清了，司空见惯了，千万年，甚至更久远。

没有喜，也没有悲；没有苦，也没有乐。

4

这是我们对于云的揣摩，其实与云无关，这种云的角度，就是人的角度。

云只是从南方，或者从海上搬动雨水往来；只是在天空让出了许许多多的阳光，给予苍茫大地以温度，让绵延万物有了开始。

当然，也让万物承受着必然到来的结束。

5

山脉站起来行走也好，河流倒下去远游也好；五行有序也罢，四季不规整也成；从种子果实再到种子，从一颗受精卵到一条怎么也拉不直的皱纹，再到一缕青烟升起，一声啼哭落地……

这些，云都无动于衷。

云只是作为云而存在，连形式都是暂时的，不确定的。

6

云不需要一种形状的确定性，它只需要一种性质，仅出现在我们与对象的关系里。

江畔问月千年了，把酒问天也持续了千年，乘鹤西去的人，怅然泣下的人，面对天地玄黄，放眼宇宙洪荒，仍然还会有人感慨、俯仰——

念天地之悠悠。或者，白云一片空悠悠。

7

一朵云的记忆其实没有记忆，云的记忆只是我们的记忆。

即使我们需要赋予云以某种记忆，比如大地和生灵，日月与星辰。还有雨或者晴，冷或者热。甚至曾经的厚薄，曾经的浓淡。

而历史的兴亡盛衰，个体的荣辱浮沉，云不接受冠冕，也无所谓伤痕。

选自作者博客，2013 年 8 月

小月河(组章节选)

爱斐儿

1. 梦回

心跳在午夜梦回，自带几分清醒与沉醉。小月河，你是否也像我一样，已搬开心头的乌云，请回了牡丹与蔷薇，坐于她们身旁，听她们缓慢打开陈旧的香气，讲述自己爱上白骨与青烟的往事，讲述自己曾经如何深陷毒药般的爱情，颠覆庸常的坚持。你只说，“只有激流才可以让河床更深。”

总归会归于尘土，如风声扫清乌云。小月河，我饮下了你因绝望而绝望的神情，你不能拒绝前来入梦，听我呓语，“爱着的灵魂必然沾满尘土。”虽然你时常捧出天光迷离的倒影，给深暗与清透不同的光感，让我忘记惊涛，忘记枯荣，忘记欸乃于远方江湖中的寂寞桨声。小月河，我只要留住这静好的岁月，我就能继续废墟上的抒情。

2. 春风过

我需要许多柳絮，轻盈这个春天；我需要许多氧气，让风声充满叶绿素；我需要紫云英仍旧心怀高远，风信子撇开众星捧月。可是，我只用了一瞬间的工夫，便看清众多花瓣的飘零，仅仅因为一夜春风，让我对时间不再盲目信任。

小月河不言一条小溪如何运输沧海，一片桑田如何能记住采桑者的背影，一个人的一生如何才能看清嵌在血脉中的灵魂，如何长出那斑斑青苔。

是不是春风过于柔软，水草对流水过于顺从，才成就了杨柳倒提影子，像杀手倒提对手的首级。

堤岸给人沿河行走的路径，低处给予流水行走的惯性。一路之上，你将看到许多人面对河水，不是得鱼忘筌，就是临渊羡鱼。

3. 风声过

你安静过，在我的耳边，用最动听的声音覆盖晚凉。一副微醺的样子，出口成为诗句，醉意亦好听。我有唤你的各种方式：榆，杨，松，竹，或你的小字。

你嘴角上弯，如月色高悬，一副侠骨搁在雨过天青处，被柔情淘洗。你俯仰皆如怀璧，亦英雄，亦君子，偶尔匹夫，灌我满袖春风骀荡，冷亦不觉切肤。

我喜欢这风声胜过喜欢自己，如沧海喜欢永恒胜过稍纵即逝。因你必于我之后，经过更多清晨，惊蛰或白露，留下断章与墨迹，在天地间，亦春，亦夏，亦秋冬。

原载《星星》2013年8月号

我的痛不需要小小的果实收藏

唐　诗

我的痛不需要小小的果实收藏
比如核桃、板栗、松子
比如葡萄、瓜子、芝麻……
我的痛起码也是中号，它要找的包装
也是苹果、桃子、石榴
或者像羊角一样弯得特别好看的香蕉
当然，我的痛也有稍大一些的
关住它的就是它的朋友
抑或爱人，不如南瓜、冬瓜、西瓜
当然，我的痛还有最大的
我只好让它无遮无掩，坦然地
放在辽阔的天空下

选自作者博客，2013年8月

明亮的星

唐朝晖

灰色的树枝铺满世界，跟随一个又一个梦，而你说，梦会随着你的离去而消失。你到底在害怕什么？两个久久不能在一起的人，有平和道声晚安的机会吗？你害怕明天的太阳不会在我们晚起的窗前照耀群山，你说到牧师的职责，有如谈起一场孤寂的葬礼；你谈到想念，说起那片湖水，我们不是要游到对岸，而是感觉湖水对身体的每一次亲昵，每一次耳鬓厮磨。

你无助于大雨中白色布匹的紧迫，爱意浓郁，哪一场大雨不会停止在太阳升起或黑夜来临之前，每一个时刻，风都在改变着风向，没有一刻相同的你站在我面前，我也是，不然，你的呼吸会消失在我的文字里。

犹豫的爱溶在敲门声里，你在窗外微笑，比黑暗更黑的暗，比明亮更明的亮，都是给你的。

死从五岁的时候就开始寻找坟墓，你除了活着，什么都惧怕。蝴蝶飞满屋子，一屋子的死亡，你说，你来到了我的房间：明亮的星，和冰凉的大雨。

温暖的家人从世俗的繁华中仅一句话，时间变得美丽，母亲超越于一切之上。

我把你的头发带上，离开这里的秋天……

去一个窗外有野花，山坡上有葱郁的树林，野兽无数。侧身相拥的一次次离别，母亲会住在不远的地方，那个有野花和西红柿小枝的院子，时刻出现在你的喜悦里，你在我身体里呼吸着一场又一场的绝望，到底是谁的身体在大雨中走来走去。济慈说：就这样永生。

原载《山花》2013年8月号

相　遇

鲁　娟

至今说不清爱的源头
碎银般的月光
照亮踩得啷啷响的泥巴路
那些清脆的蛐蛐声
犹如白日无名的蓝色小花
毫无来由地记挂在小小心间
爱竟如此相同
如电光火石
如暗泉涌动
看不见的游丝连着你
我惊异于遇见童年的自己
漫长的一生可能错过一切
却不可能错过你

原载《星星》2013年8月号

康　定

单增曲措

面对跑马山
我躺在康定的怀抱中
秋天灿烂的阳光
柔和地抱紧了康定城
石头成行
朴实的石头房
张开手掌
将情歌撒进敞开的心房
我掏出了手帕
用深情包裹情歌
阿哥说
看那田里辛勤劳作的藏民
让我们在康定
一起种下一棵康定情树

选自作者博客，2013 年 8 月

离 人

李 速

没有一堵墙足以说坚实
坚实到，阻止我在这个冬日
一如去年，安坐在这里

没有一条道路可道无尽
无尽到，以“无尽”这无尽空虚的词
将我拒绝，你从未将我拒绝

但我曾是怎样地在你怀中慢慢抽离?
一个问号常常令我感觉生命枯竭
多数时候我是一个攀爬于静态的运动者
多数时候我是一个肆意遗忘听觉的盲人
我仅剩一个美好的习惯

我在每一天，每一夜，任何时候
都能够伸出一双写满命运的黑暗手指
将一句交纵他界的寓意光明的谶语
如你正将我注视般，平安触及
——“掌心的密合远胜于亲吻”。

原载《文学界》2013年第8期

坛　子

衣米一

我想象我是一个女子
被人爱过。那人爱完后
收藏了我的青春
他把自己变成坛子
把我的青春装在坛子里面

往后的岁月
他不断往坛子里浇水，各种各样的水
特别是在他孤寂的时候
实际上，他总是孤寂的

为了拯救他，我决定登门拜访他
以我现在的生活
现在的容颜
我还随身带着防护罩，以防止他第二次爱我

原载《诗刊》2013 年 8 期

真理——致 W

陈亚平

正如河水的流动回应天空，我无意测度
那些纸页中最对称的言辞
和我声音中最衰老的预兆
回转大地的气息，又居留

夏天的尘嚣和暗物，有谁还在乎
一个人活着的受难
是痛苦的善，与不可想象的罪恶
环视门廊，落叶退隐黄金的织图
不知道，我会不会在神的驱遣下
在词语的内心，改变我中年的孤独
旧的时间里沉沦着速朽的诸物

能在一生中追忆
一个贫乏的时代，与活着的至俗
仿佛彻夜的寒风穿越灵魂
让我为自己放弃荣誉和幸福

选自作者博客，2013年8月

大地之语(长篇散文诗节选)

海　讯

一

大地无语，所有的喧嚣，却都从未高过她的沉默。

二

山峰再高，也不过是大地的头颅；草木再茂密，也不过是大地的毛发；泥土再深厚，也不过是大地的肌肤；飓风再强劲，也不过是大地的气息；江河再汹涌，也不过是大地的血脉；山路与危岩再遥远、再险峻，也不过是大地的筋骨；海洋再宽广和深远，也不过是大地的情怀……

三

这世间万物无一不是大地养育的儿女。

天上飞的鹰、雁，地上走的虎、狼，水里游的鲸、鲨，土里钻的鼠、蛇；山上长的树木、草丛；田里生的庄稼，夜里燃的篝火，春冬落的雨雪，等等，没有一样不是大地养育的精灵。

四

大地允许每一个儿女都有自己的脾气和个性，每一种花儿都有自己的颜色与芳香；允许水往低处流去，山朝高处挺拔；允许虫蚁有虫蚁的乐趣，狮象有狮象的威严。所以，这个世界才如此的丰富多彩，如此的美丽迷人。

五

大地从不排斥寸草不生的沙漠，也不优待水草丰茂的草原。她从不高看一个国王，也不低瞧一个乞丐。她对谁都始终视如己出，从不厚此薄彼，搞那些不公平的事情、闹种种不愉快的矛盾。在她的世界里，长幼有序，相敬如宾，互疼互爱，同生共荣，其乐融融。

大地让她的所有儿女都有安身之所，立命之本；让所有的儿女都各显其能，有所作为。大地让虎狼始终追赶着牛羊，这样牛羊才永远肥壮；让鹰隼放牧着鸡兔，在大自然优胜劣汰的不二法则里，任病弱者逝去，待强壮的生长。即便风起云涌，电闪雷鸣，天暴雨怒时，她让山洪奔流，山塌石滚，草倾树折，一切顺其自然，从来不急不躁；当烈日难当，绿苗枯萎，田地干裂，大地自己都渴得喉管冒烟，骨头起火，奄奄一息时，她依旧镇定自若，默默等待，从不放弃绿色的信念。

大地让水柔到极致，使山刚出高度。

没有一种生命在她宽大包容的胸怀里，不享受到生命存在的快乐和竞争成长带来的欢喜，也没有一种生命在她的呵护下，不自在、幸福地安享着这个美好的世界赐予他们的生命与生活。

六

大地怀金孕银，肚子里有难以计数的宝藏，她都不挺一下肚子，显摆一下伟大。她无欲，世间万物才如此和睦共处，安宁祥和。你看，那高大的树的绿荫庇护着树下的矮竹，矮竹的头上从来不沾一点霜露，矮小的竹丛拥戴着高大的树林，树林的下面从来不透进一点风尘。这是爱和爱创造出的一种奇迹，一种绝妙，一种生生不息，永远不老的大美人。

选自作者博客，2013 年 8 月

西藏歌谣

贺　中

呀啦嗦！我的姑娘长大了
我的姑娘要远行
她手捧月亮的脸庞
她手抚云彩的头发

呀啦嗦！我的孩子长大了
我的孩子要远行
她唱着月亮的歌曲
她唱起云彩的心愿

呀啦嗦！我的秋天来到了
我的帐篷空荡了
她们的声音属于天空
她们的美丽属于大地

选自作者博客，2013 年 8 月

我的生命

满　娃

我的生命
真的还很年轻，我一定能够活成一棵老树
你便是树上，永生永世
不谢的花朵

我的情感
真的还很丰满，一定会为你流成一条黄河
你便是河中，穿梭龙门
快乐的鲤鱼

我的思念
真的还很火热，好像原始荒古的十个太阳
我要叫你，在燃烧中
变成凤凰

我的生命
本来就是一首歌，唯你声音才能唱出天籁
飘荡空中，云朵也会
牢记千年

选自作者博客，2013年8月

一只问路的羊

姜　华

一只羊丢失了草原　在街头问路
它卑微的身世被人们耻笑
这个冬天　在长安老东关街头
我看见一只流泪的羊
被一条绳索套牢
摄像师正在把镜头缓缓拉开

一只羊命犯桃花　它多么像我当年
为了一段前世的恋情　于一个春夜出走
草原　蓝天　白云和牧羊犬的吆喝
至今还在它的记忆里反刍
东市时断时续的诵经声
不会为一只羊祈祷

一只羊离开了故乡　它要去何方
在一场风暴到来之前
我看到它绝望的眼睛里
蓄满了草原的苍茫　和泪水
一场阴谋在夜幕下铺开
星星站在高处　它没有阻拦

选自作者博客，2013年8月

胖女人

雨 吟

一坨臃肿的肉体
在烈日骄阳的午后艰难移动
炽热的马路炙烤着她倦重的身躯
仿佛可以听到脂肪在铁锅上炸开的滋滋声
汗水夹杂着香水融化为冰激凌的焦糖香
猫咪期望留下它慵懒的爪印
发酵的空气抽离于浮尘中
她的瞳孔游移在甜点与冰饮中
对食物的饥渴感掠夺了她随时扩大的胃
漠然拨开众人嬉笑的眼神
她努力挪动着深陷在沙发中的丰臀
我无法从她的脸上捕捉到一丝的温度
纵然在这40度的夏天
她的眼神黯淡　无光　茫然　仿佛又若有所思……
谁能书写她的故事

选自作者博客，2013年8月

时光书

周园园

每年盛夏和隆冬，我都会回家
戒不掉一辈子厌恶城市的繁华
走在乡村的泥土路上
所遇到的都是熟悉的老人和孩子
他们的儿子儿媳
他们的父亲母亲
在城市盖起不属于他们的高楼
顶着只属于他们的烈日

我开始钟情于十二月
有一些人回来，叶落归根
我穿着单薄的衣服推开门
呵，风雪真大
母亲扫着院子，自言自语
村东张家老太太昨夜没了
那个弱智瘦小的女人死了
那个我只知道叫什么花的女人
一辈子盼着儿孙回来
没有像花一样开放过

选自作者博客，2013年8月

九月

车过故乡

林　莽

列车在阴雨中穿越故乡的原野
穿过铁路两旁排列成行的
秋色中的火炬树
会有一场大雪期待着思乡者的滞留
叶子火红　映着过往的时空

是什么让九条河流幻化成大地的琴弦
是什么让九条琴弦奏响了心中的河流
滔滔汩汩的乐曲，淌过我此刻的孤独

是有一片水泽的琴箱在不远处激荡
我知道，几夜大风会让它覆盖上冰凌
逝去的青春曾满怀着理想
日子过去，一切都成为了以往

是有一场大雪在我的背后追逐而行
它将山体染白　大地铺上鹅绒
太阳像一个浑红的腌制过的鸭蛋黄

时光里零落的一切都将沉淀为石头
一颗颗垒在那儿，安得梦幻入画屏

只是我已成为另一个我
我的头颅是大雪中那座银色的雪峰
茫茫苍苍　但无法阻止时光的脚步

原载《诗刊》2013 年 9 月号

冰钓者

王家新

在我家附近的水库里，一到冬天
就可以看到一些垂钓者，
一个个穿着旧军大衣蹲在那里，
远远看去，他们就像是雪地里散开的鸦群。
他们蹲在那里仿佛时间也停止了。
他们专钓那些为了呼吸，为了一缕光亮
而迟疑地游近冰窟窿口的鱼。
他们的狂喜，就是看到那些被钓起的活物
在坚冰上痛苦地甩动着尾巴，
直到从它们的鳃里渗出了血
染红一堆堆凿碎的冰……
这些，是我能想象到的最恐怖的景象，
我转身离开了那条
我还以为是供我漫步的堤坝。

原载《诗建设》2013年第9期

兄 弟

高 兴

初次见面，
你就拍着我的肩膀
大声地招呼：兄弟！
我一愣，然后笑道：
是啊，诗人都该是兄弟。

在你热气腾腾的话语中，
我仿佛又回到了
上个世纪的童年。那时，
雨就是雨，风只吹来风，
一场电影就是一个节日。
那时，听从妈妈的吩咐，
无论见到谁，都要叫
叔叔或伯伯，阿姨或婶婶
爷爷或奶奶。那时，
我开心地想：
原来所有人都是我的亲戚，
所有亲戚
肯定都会给我带来糖果和玩具。

原载《西部》2013 年第 9 期

刀　痕

湘夫人

你说你迷失在我们的爱情里
爱情在那里，你又在哪里
我却把自己丢在跟你相遇的路上
虽然歧路花开，不知所归

迷失的你总会找到回家的路
我回到自己都很艰难了
洗心革面，打开的心再关上
改变另一个自己，另一种可能

风起了，生命的波纹动了
一些记忆会铭刻，也会消逝
时间的刀锋里你我刻过伤痕
即使黑夜之隙刀疤也会闪亮

选自作者诗集《湘夫人的抒情诗》，2013年9月

星光夜夜垂钓走人类的孤独

谢长安

在烛影里吹去杯中浮萍
你从一段白发看到
那条冰封雪锁的小径
骑牛萧瑟而行
那便是最狭窄之命运
掩上历书灯盏
他寂寞，如茫茫渔夫座
向天文钟、露台、屋檐
投落万缕银线
尽处有无数桑林与盐田
橄榄青青，葵花烂漫
山谷荡满猿啼鸟啁
一群鳟鱼迷恋最初的源头
宛若此时抵达的槎筏，夜风喁喁
每一条明亮大途唤我们上路
这便恍惚推窗
大海在另外的时空
繁星密布，故事纷复

选自作者博客，2013年9月

身为女人

艾 子

我知道哪一匹是带我出逃的马
我知道哪一没落的瓦片是温暖的家
阳光洒下来，荣辱盛衰
祷告于谁受两千年文化所禁锢而又放荡成习的女人

牵着你的大手我就成了公主
就是情欲款款的女人
把命运的烛光交与你
等你的强悍竖起家的墙
再长成艾草，可入药且叶带香气
而在你胡子的丛林处我会不会迷路
你阻挡风雨的肩会不会倾刻抽走
几片海可以容得永生的船
几声鸟可以鸣彻高枝

呵　让身体通往故乡
让精神朝向雪
小河弯弯是女儿身
漫天的雪葬是女儿魂

而谁习惯于含笑里泪花晶莹

谁把带血的唇推为美

谁在深深庭院看过断颈的天鹅

谁身着婚纱穿过家抵达一生

选自作者博客，2013月9月

游牧阿勒泰

楚天舒

金山银水
黄澄澄金灿灿
飘过山头的风与云
跟着同样尊贵
大山大水
与江南联姻
阳澄湖的大闸蟹远嫁大漠
乌伦古湖
匈奴、突厥、蒙古人都流出口水来喂养
包括哈萨克的鹰也没有品出滋味
而我每根汗毛与远方都已悄然兴奋
秀色可餐
如果还有风景在别处
马蹄声都已藏富于民
当然这一切
都绝望在离京城九千里处
隔着春花秋月
如同跨不过去的丰满
就在一墙之隔

大漠云横秋风瑟瑟

黄沙一曲犹自胡笳

春秋梦

萦绕阿勒泰

都在云中

追着哈萨克的白袂飘飘

风华不谢逝川

江山都是风景

选自作者博客，2013年9月

流水线

柳冬妩

一条流水线
重叠了另一条流水线
谁能像流水那样平静
用单调的手势分开往昔

面对机器咄咄逼人的呼吸
身体内那些简朴的陶罐
注满噪音
在震耳欲聋的寂寞声里
流下三百六十五滴眼泪
日子的针脚翻来覆去
流水线缝合不了震裂的心

原载《大别山诗刊》2013年9月号

母子图

龙　泉

在黄昏的河边
在大自然的怀抱
一头母牛和它的小牛犊
优游在天地之间，自由自在
它们那么渺小，又那么高大
她蹲下身子，拍下母子情深
母亲敞开胸怀给幼崽喂奶
夕阳西下，远山近水作为背景
哦，来一张，再来一张……
天高云远，河流曲折，岁月悠长
母牛慈祥惶惑而神秘地看着她
她们的眼神在交流的瞬间
流露出同样的母性——
满足，欣喜而又安静

原载《芒种》2013年9月号

玛吉阿米

罗布旺堆

历史的面孔上
你是一颗痣
时间的长河里
你是一粒五彩的石子
玛吉阿米
落在八廓街的天使

月光下的黄房子
是你的一首首诗
诗里装满了前世的回忆
每一条弯弯的巷子
都是一个古老的心事

桑烟是你缠绵的呼吸
每一寸经幡飘起
祈祷万物和大地
相互相依
祈祷人类
不再只顾及自己

转经的人流里

有一个来到凡间的天使

我常看到她的影子

那就是玛吉阿米

选自作者博客，2013年9月

零点十分

琼 吉

即使四目相对又能怎样，
我看到露珠化为乌有，
人造星星眨着刺眼的白光。
皮肤洁白，心灵污浊，
莲花凋谢就凋谢了，
脖颈的弧度优美易断。

过度的时间变得黏稠，
过度的美就容易疲倦，
就昏昏欲睡，
还能说什么，
说了也是废话连篇。

不如就着夜色放飞，
在拉萨河畔饮水，
在雪山顶眺望，
山那边的彩虹。

纯洁的配偶，风骚的心，

请在拂晓之前洗净铅华，
把马儿放开缰绳丢掉，
唱着没人听见的情歌，
带上怦怦跳动的真心来找我！

选自作者博客，2013 年 9 月

空　山

泉　子

一座空山在你身后，
那误入山林的游人不能，
那啾啾不歇的鸟雀不能，
那浓郁的江南不能，
你的转身与寻访同样不能。
哦，你的不能，
是你无法从心中取出山。
你的不能，
是你无法从山中取走这空，这无，
这无边的寂寥与孤独。

原载影响力中国网，2013年9月

致文森特·凡·高

张佳惠

阿尔的秋天阳光灿烂
盛产智慧和爱情的疯人院
和金黄的麦浪　姑娘的笑脸一样美好

即使蒙昧怯弱的心
读不懂一只左耳的勇气和诚恳
你依然兀自爱上了自己的爱情
就像永生只专注于色彩与画布
你的爱与世无涉　不染纤尘
令俗世的人们惊骇而无福消受

一柄伞　或许可以带来片刻清凉
却并不足以遮挡阿尔的烈焰
世界的法则从来都是如此
太过纯粹的灵魂注定走得踉跄

而今天　当烈焰升腾的向日葵
摆满了暴发户的橱窗和伪学者的书房
当全世界的人们用不同的声音

喊你的名字

你像一个爱搞恶作剧的孩子

兀自藏于一枚叶片的光芒

朝这个镀金的世界扮最后一个鬼脸

选自作者博客，2013 年 9 月

鱼缸里的鱼

庭美郁

你被放置在别人设定的世界
无数次的撞击、反抗、寻找出口
只是徒劳。你不得不正视四壁
你已失去了生命的河流

世界很大，而你
也只能拥有一个小小的世界
你慢慢习惯了这种生活
也学会了怎样生活
不仅要活得快乐、精彩
也要让人看得羡慕、养眼
让我贪饮忧伤的甜蜜
又沉醉喜悦的痛苦

原载《山花》2013年第9期

割

张吉夫

花非花，树非树
我整个一个春天的眠花宿柳
被一语禅意
掏空成词语的躯壳
远离，才靠近

吞没，才忆起
伏倒，才站立
暮色苍茫
不需撕扯，我已从一幅水墨
再次地，跌落尘埃

请恕我目下无尘
我将以我苍凉的锋芒
来绾你葱茏的颈
收获尘世间，最尖锐的一吻

选自作者博客，2013 年 9 月

夏天，在南方以南

张　民

窗外稻谷金黄，颗粒饱满
仿佛绷紧的衬衣下青春的乳房
稻杆们密密匝匝，队列整齐
山脚下，河堤边
它们的身影满满当当

朗朗的书声滚落在稻浪之上
被染成了金黄的颜色
烈日下，校园里
墨绿色的阴香沉稳坚毅
她在努力凝结静谧与清爽

但是，校园的主角也许不是书声
蝉的喧闹一大早就开锣登场
如同隐秘的潮水迅猛上涨
势不可当，凤凰树上
缀满了黄色的花蕾，风姿绰约

阳光，也许阳光

才是这个季节的真命天子
野草追随着他的步调，疯狂生长
白云散开，仿佛法力无边
要穿越海蓝的苍穹抵达天堂

河堤上，树荫下，一头母牛
泡足了河水，她神情自若
她开始反刍。她瞟了一眼
熟透了的田野，忽然仰天长啸
不知道是因为寂寞还是由于感伤

选自作者博客，2013 年 9 月

弓

陈正林

山路上

一张弓

艰难地仰望

蓝天

白云

年轻的鸟儿在飞翔

雪地里

瞄准

那只火狐狸

射击

弓

已经没有力量

原载《中国诗歌地理：神州九人诗选》，2013 年 9 月

伤口：夜阑更漏

邓诗鸿

暗夜、微澜、残更和沙漏
这闪烁、穿越，这删除版的：夜阑更漏……

而你已经飞过，这惊鸿一瞥
仿佛暗藏的落日，和不语的家国
凛冽、彻骨，几近于无
只有一个细小的伤口，证明你曾经来过

原载《诗潮》2013年第9期

春天的歌

李海龙

1

通往春天的路上

我被布谷鸟的歌声

绊倒

惹得满野的山花

笑开了脸

2

彩云一样的挑水妹妹

用脚采撷着草叶上的露珠

婀娜走来

两只饥渴的木桶

呼喊着谁的名字

3

一条小花蛇对我说

它找不到自己的脚

借我的用用

吓了我一大跳

4

对我的到来

羊群不理不睬

继续吃着它们的草

好像来到它们身边的是一支牧歌

原载《民族文学》2013 年第 9 期

还有两天月亮就圆了

向天笑

今天是你的生日，我的父亲
还有两天，天上的月亮就圆了
可我们家的月亮，再无法圆满

中秋的风吹过低矮的山岗
月亮也会爬上低矮的山岗
你躺在地嘴山的山嘴里
就算满山长嘴，你也不会再说一句

手机收藏的联系人里，你还在
我迟迟都不想删去
总盼着有一天，你的图像
会跳出来，与我讲话

再过两天，月亮就圆了
圆满的月亮，像花圈一样
摇晃在你低矮的山岗上

选自作者博客，2013年9月

减法运算

雪　马

我的一生
不得不在做减法运算
首先减掉幼稚、天真
然后减掉童心
再减掉无知、减掉愤怒
减掉狂妄、减掉疼痛
减掉快乐、悲伤
减掉身体内的寂寞
减掉脑袋里的幻想
减掉思维和细胞活动
减掉亲人和仇人
减到地下继续减
首先减掉光明和喧闹
再减皮减肉
减掉一身壳
减到白蚁对白骨

原载《广西文学》2013 年第 9 期

歌　者

郑文秀

这个城市很小
风吹草动一经散布
你就会被敏感的声音
抵押街头和巷尾
仿佛一张漏送的明信片
邮差在传递着谣言
然后不断串通，甚至诋毁

而站在高楼上的另一种传说
可能值得信赖
我确信囚禁中移动的灯盏
它暖暖地照着没有物质的爱情
还有一个没有模糊的名字

环顾四周的形态
风已经无法重新拼凑成风景了
而棱镜的命运
让雀鸟的灵魂
越显得高大而慷慨

在百合花前

它漫游的梦是非常真实的

并且还清晰地记住舞台上的那个影子

似乎还赞美过他炽热的心

原载《海南日报》2013年9月

失火——致Y

肖　水

冬天注定是梯形的。泥土很重，天空轻薄。
每棵树，都极力长成一个锐角。

我想起了：你并不在其中。
在杭州我见过你，我故意在所有风景中省略你。

原载《诗林》2013年9月号

立秋书(外二章)

马启代

——“这之前的都是膨胀”，言下之意，这之后的都开始紧缩，万物有道啊
灌浆或临盆，时光又将再一次白头，我蒸腾了一夏的诗句在长骨头
这之前，水是破裂着向上升的，破了再破，裂了再裂，不断地死着活
这之后，你要凝聚着生了，凝了再凝，聚了还聚，美成露珠、雪花或冰凌
“露珠是上帝的摄像机，雪花有六条大路”，冰凌是大自然自己的奖章
一个藏有轮回秘密的人，旁观者，“不只是边缘人，但我一直主动靠边走”

……天空就要开阔了，我有足够的蓝储存在那里，在天上无需高速或高铁
要飞就任意飞，也不必耗费金钱，到处是阳光的银子，无人认领。

剪尾记

——“整个夏天，我一直在给自己剪尾巴”，用身体里的毒蛇喂养诗歌里的老虎
时常在夜深人静时醒来，“咔嚓咔嚓”的剪刀声里，星星在逃窜中被剪灭
“我的麻药快用完了”，此起彼伏的坟穴在我肉体上游动，幸亏那是替身
一列火车走远，铁与铁在用疼说着和谐。“我放倒了沿途的一座座墓碑”
我不再需要借口。这个夏天，我刀枪入鞘，马放南山，不是不管天下的事
天下被他们据为己有，我要趁月黑风高在文字里把尾巴接上，练习些妖术

……你看，雷声死后，谁人能给天空定罪？“天和地根本就不搭界！”你写道

天地间本来空空荡荡，风雨披着执法的外衣，不过一副时间的棺材。

黄河入海口

——“再向前，身体里的海就醒来了”，谁愿入海呢？看那浩瀚的湿地和碱滩

莫不是黄河一直在挣扎？事实上，“摇头或摆尾，都搅动了我魂魄里的盐”

跳进黄河洗不清，跳进海里的黄河很快洗掉了骨头。大地才是活下来的水

“站在这里就是见证！”管它多少污泥，只要攥紧每一粒沙子，就能抬高自己

脚下在动。水中的鱼儿在哭。独自散步的太阳，被风推着，正准备自戕

“我是文字的打捞者”，河水在暗中集结。暮色里，我多像一条站起来的河啊

……沿途有白鸟和乌鸦，波浪像我一样狂奔。“前面，就把自己走成大海了？”

而我注定是片大陆，是座山峰，梦里飞着漂亮的蝴蝶，一飞，再飞。

原载《山东诗人》2013 年 9 月号

沈阳故宫

蒋兴刚

立秋刚过

秋的沧桑与败落

显露无遗

沿着回廊

没有听到宫女

急促的脚步

几位整修的工人

推着小车

他们说着

东北话

恰到好处的波长

仿佛

宫廷大戏的一部分

穿越在

湖蓝的天空下

选自作者博客，2013 年 9 月

你是我生命中的一泓清泉

牛　黄

一位普通的女子
最初，你也许只是大海中的一朵浪花
偶尔，看你跳跃拍岸。然后了无痕迹

当你站在我的梦中
那一棵白玉兰亭亭玉立。让我诧愕
花开花落。片片像你安静娴雅
清风吹过，百转千回
总让人想起你那抹芬芳

我牵住你的手，并把你移植到我的内心
也许，我还可以用一生这样来形容你
普通，如一碗清水
却是我生命中
最解渴的一泓清泉

选自作者博客，2013年9月

在飞机上

毛国聪

小时候，一看见飞机从天上飞过，我就开始做梦：飞机成了我放飞的风筝。它们带着我的愿望和遐想飞向太空，书写着浩渺的浪漫与惬意……突然，风筝线断了，我的梦也醒了。

我们的肉体在地上，我们的思想在天上。

天空里长满了云朵、太阳、月亮、星辰，甚至屑小的鸟儿，我们愤怒、自卑，渴望挣脱大地的束缚，渴望在天空中自由播洒我们的汗水、智慧和种子。

终于，我们发明了飞机，终于，天空中长出了无数人造的东西。

天空不空，那里有我们的飞机，充满了我们的智慧和思想。

畅饮一杯酒，把所有的东西抛在地上。我要伸出手，亲抚灿烂的云朵；我要站起来，纵情飞翔。

扯一匹深蓝色的布，做一件纯洁的衣裳。

采一篮星星，送给我爱的人和爱我的人。

享受不缺的月亮、不灭的阳光，实现没有栅栏的理想。

海阔天空，才是人生的高度。

把小草让给大地，把庄稼让给田野，把森林让给飞禽走兽，把路让给芸芸众生，把面包让给那些贪得无厌的家伙，把地老天荒让给神仙鬼怪们……

我已高高在上。

飞机是一副漂亮的铠甲，一旦走进去就很难脱离，犹如人生里的许多事情。

只要飞机一颠荡，我就会有地震了的感觉。无论飞机是上升还是下降，我都觉得自己即将被抛弃……一种安全带都拴不住的恐惧。

习惯于道路和方向的我，已把生命交给了一种机器，把命运交给了别人。

我是大地上的生灵，只有大地才能让我踏实。

在飞机里，我明白了为什么古人要把神仙安排住在天上，把魔鬼安排住在地下。因为只有神仙能享用五彩云霓，只有魔鬼才把地下当作天堂。

人，永远成不了神，即使到了天上。

原载《散文诗世界》2013年第9期

十月

除了匍匐

林 雪

灼热的阳光在我内耳回旋……一个世界的集市
在我身体中秘密醒来——那皮肤的筛子呵！
你如何过滤出晨曦，为那幽暗之处的生活镀金？
一只山羊在逆光中，在岩石后的旱坝上露出头顶
一个进化论者的靶心！那男人在高山上
迈着跨越星宿之间的步子。我吃着泥土
分娩出稻草。火车在眼皮后面穿过未来的盲点
真理在远处岬角缓慢地褪下她华丽的裙子
——她后退了千百年，直到更深的孤独
这巨大和空旷之美：一千年才在《诗经》中
储足了爱，一万年才在唐朝积攒出如许乡愁
写吧：嘴唇关闭了它的闸口。写吧——那些
储存了巨大热风的银行，那些公共印钞机
源源不断地印出沙尘般失真的语言钞票
诗歌呵！除了刷新——人们已无从保守
除了删除——人们已无由珍存。除了注销
人们已无处建立。除了匍匐——人们呵！
已无法交出更高的命运

原载《诗品》2013年10月号

雪崩匕首

童　蔚

你的沉默如此技巧，

以健康的白雪覆盖白雪公主的心

你微笑，好像

光滑的玻璃器皿填满奶油

呈递给阿波罗的祭品

奇妙的山峰提取整个陆地

迸发出

雪崩时匕首闪光的密语

雪海，托起一条抛锚的船

静雪柔软，覆盖着

脚印，极寒冷

而最亲密的落雪声

总是急速、灵敏、质朴地讲诉

完整而又完美

落入心盘中没有设防

夜色中忽然闪现的——

雪山移动着韵脚
冰凌布施精湛的句法结满枝头
是祈祷，

……喜马拉雅是这样的篇幅
是超越技艺与智力

更高耸的荣耀

选自作者博客，2013 年 10 月

黑——

宋晓杰

黑，不是伸手不见五指的夜晚
不是皮肤、眼珠儿，不是好心肠的木耳和芝麻
以及死不悔改的乌鸦、深渊般的墨水、沉重的铅
更不是魔法师和被利益熏坏的心肝

黑，不是生活的质量、山河的春天
也不是地下室里的灯光、盲目与盲从
以及，那些以假乱真的演绎、似是而非的模拟
不仅仅是颜色，黑还是极具破坏力的阴谋
是应该被刮骨疗毒的瘤……

——我不是极端主义者，你应该知道
我在说：土地、煤、暗箱和陡然断电的荧屏……
但是，我拒绝联想到：矿难、泪水、
刚刚塌下来的屋顶、瓦砾、血，以及
风雨飘摇的家庭、纸上谈兵的未来……

原载《红豆》2013年第10期

上午的声音

苏历铭

先是听到稚童的尖叫
滑板在水泥路面上硌出来的怪响
老者一声高一声低的呵护
麻雀们就飞散了
围墙外的汽车仓皇远去
我能轻易分辨出卡车和轿车的差别
偶尔有人按响喇叭
是觅食的野狗又在穿越马路
它们总是急不可耐
以为天天能抢到骨头
阳光漫过地毯的时候
听见高跟鞋的脆响
她在电话里的声调逐渐升高
索性高声咒骂
号哭后杂乱地走远
整个上午，只听见一声巨响
昏昏欲睡时
我把一本厚重的历史小说
碰落地上

选自作者博客，2013 年 10 月

蝴　蝶

商泽军

那是童年时的两只蝴蝶
飞在老屋的窗帘上
那时我经常将这两只蝴蝶
比喻成我的两个妹妹
妹妹看着窗帘上
这两只漂亮的蝴蝶
她们也同意我的比喻
只是她们想飞的时候
怎么也飞不起来
渐渐地她们对我这样的比喻
不怎么认同了

后来，我梦见
那两只蝴蝶在田野
自由地翻飞
我追跑着
一直追到家乡的麦田里
我的妹妹正在收割
那熟透的麦子……

原载《商泽军的诗》，2013年10月

人是一阵风

第广龙

风一吹，就过去了
留不下什么
哪怕活到一百岁
人还是自己的身外之物
不要怪风，人来世上
就是一场风，吹起来一些泥土
吹起来一些粮食
吹着吹着，吹起来的
是自己的骨灰

原载《诗建设》2013 年 10 期

暮年

东荡子

唱完最后一首歌
我就可以走了
我跟我的马，点了点头
拍了拍它颤动的肩膀
黄昏朝它的眼里奔来
犹如我的青春驰入湖底
我想我就要走了
大海为什么还不平息

原载《南方都市报》2013 年 10 月号

以风筝探测高远的天空

阿 毛

鸟鸣现实主义的心经
我吟浪漫主义的诗句

以风筝探测高远天空
以单车丈量辽阔大地

走过即将睡着的夜晚
如今，我要闭门不出

打磨刺亮夜空的光束
饲养日行千里的马匹

选自作者博客，2013年10月

葫 芦

王桂林

一只葫芦在那里鼓胀——

它挂在院子东南角的藤架上，
风一吹
就忍不住轻轻摆动。

三十只蚂蚁和一只鸟
是它可以承载的重量。
它挂在那里
独自体验着下坠的快乐。

我是从两个月前
看着它一点点长大的。
起初它身上扎手的茸毛
现在让风全部吹尽。

它不是我和你偶尔鼓胀的部分，
也不会因一声呵斥
迅速萎缩。它有着——
让人嫉恨的圆满。

原载《中华日报》2013年10月

湖　畔

吴少东

湖面上
有着我不能领悟的一面

湖水在动荡
破碎的镜子隐去
焦虑的语言

此时　路经此地
我甚至忘记了湖心
横卧着整个秋天的灵魂

有过燃烧
有过昨夜的熄灭
只是　没有触及你的火焰
我已成为灰烬

原载《安徽文学》2013年第10期

我是一个完全闲下来的人

高　璨

我微笑面对月亮
我是一个完全闲下来的人

我的脑中
罗列单纯的自然景物越多
悠闲也越多

我不像那些
没有完全闲下来的温柔诗人
弯下腰扶正田间小路旁
稚嫩的小草

我仰头看着月亮微笑
我是一个完全闲下来的人
月亮的容貌总是不同
我无一例外地看不透她的心思
她却无一例外地道出我的想法

我微笑面对月亮
我是一个完全闲下来的人
我是一个往往面对自己微笑的人

原载《中国诗歌》2013 年 10 月号

等候区

宫白云

一代代人都在等
在死亡的脚步声中，人类还在扩张
这没什么可抱怨的——
唉，好在我还可以寻找
在茫茫人海中辨认着你的面容
这是等待的理由
死亡让我活着
我等你，如同等待末日

原载《诗日历》2013年10月号

星宿海：宿命

郭建强

世界下沉，儿女向东
我的宿命是以碎片的形式留驻高处

没有谁像我一样翅羽展开
面对太阳晾晒万枚钻石
没有谁如我这般翕动无数婴孩之唇
吮吸月亮

谁能像我一样碎成无数子宫
昼夜不息分娩太阳和月亮

月亮平息平原万物焦躁的喘息
一样抚慰寂寞的高地
太阳染棕海边人群孤独的皮肤
一样点燃河源

无数分娩的眼睛
年轻的、相思的、宿命的母亲

原载《诗刊》2013 年第 10 期

清　晨

南　子

讨债者。劳动者。送葬车呼啸而过
掀开他们衣襟下隐藏的巨大力量
生的力量

孕妇在医院的走廊里
她投在地面上的阴影被反复折叠
分娩成许多个

——生活如此古老
一日有如一生
而所有的起伏终将平静
像入夜的河流　暗含着某种真理

原载《诗刊》2013年第10期

出　口

庞清明

死是唯一的出口，镶有
烦琐的金边与漏斗型窗户，却
难以低廉的价格转内销。赎罪乃
生命的原初，给人慰藉

我们中有谁耽于下垂的翅膀
意外脱逃而选择不朽？除了诗歌
宗教与浮夸的贸易风，人类
更多期待将现世解套

沿恐龙的牙缝修补残缺之梦
戳力打造天堂的屋顶：机关是机关
的神枪手，财富是财富的万人坑
伟哥：别一样的阉割

痛并快乐着，而时间的花粉
过于绚烂。蝙蝠兽终将
展开密集的布控，广大的黑夜
收走最后的永恒的忐忑——

原载《诗》2013年10月号

语言的病房

董迎春

在咆哮的原野上
鬼喊怪叫
你也将找寻你的创伤
通过语言渐于平静
而日子像舌尖割除
支支吾吾唠出令人费解的断句
修辞送来清新的鲜花
此时已过，来年堪折
早晨还是个小姑娘
下午就成了披头散发的魔女
墓居时代，许多鬼故事
像科幻片
人们惊悚声中喊着自己
捂一个胸口
再次涌进黑色的人群
四周并无警察，而那幅巨像
挂在广场
鬼魅也适应了白昼藏身
只在夜里发出号哭

原载《诗》2013年10月号

头发里的眼睛

杜绿绿

许多眼睛藏在我的头发里。
它们偶尔会弹出一对
惊奇的眼珠
提醒我的可笑
与悲伤即将到来的事实。

我多想捂住它们
像养了多年的野猫那样痛快喊叫。
我多想闭上所有的眼睛，继续做个孩子
爱世上好心肠的人们。

可我倒在黑暗里
举起奄奄一息的红樱草
默认了眼睛们的存在。

花儿干脆地枯萎。
我除了摸索它们的来龙去脉
再也干不了别的。

原载《右边原创手机杂志》2013 年 10 月号

蓝色山脉

胡 马

突然想画下蓝色山脉。
它躺在北半球的阴影中。
易被遗忘的侧面，日光照彻。
仿佛炉火还在燃烧，
铁推车还在地下负重潜行。

登上山峰，是某一个雾天。
矿穴入口，一声怒吼
将我的探险断然喝止。
那声音属于父亲。
他挥动镐头，
从不放弃在黑暗中采掘。

橡果落地时，麂子跑过悬崖。
午后的阳光下，
煤炭和玄武岩的颗粒，
循着呼吸向他的肺静脉飞翔。

当父亲的喘息

开始在我的胸腔里轰鸣，

山谷里，北风停止了迈步。

那屏住呼吸都难以捕捉的蓝，

缭绕自他的烟斗和面容。

原载《星星诗刊》2013 年第 10 期

来到德令哈

盛华厚

因为某个人你或许会向往某个地方
因为怀念，你一定会独自重返现场

德令哈，一个令人向往而怀念的城
因为某个人某个时刻的来与去而引领
一群人的来与去。所以，我来到这里

天地以我为界，月亮趁太阳未落升起
我走到草原的尽头又一头走进戈壁

风将德令哈吹响，又呼啸着吹向远方
吹着橡皮山上到来与离去的人
风吹着羊群也吹着我的破衣裳

离开情人湖，我孤身一人走上昆仑路
任凭落叶没过脚踝，阳光沐浴着皮肤

“姐姐，今夜我在德令哈!”
1988年，一位诗人告诉姐姐他的足迹
2013年，我不知告诉谁我也来到这里

选自作者博客，2013年10月

星宿海：宇宙的倒影

曹 谁

天上的繁星落下
地上的海子闪耀
孔雀在夜空中飞去
玛曲在天地间奔流
我们在相对的山头上对话
下面就是斑斓的星宿海
大水将经过九九八十一曲到大海
黄河两岸我们的子孙繁衍生息
我们一起朝着夜光中的海子瞭望
湖面上现出宇宙的模板
我们瞬间明白人类的过去现在未来

原载《诗刊》2013 年 10 月号

火，脚步

蒋志武

痛苦与幸福在互映中复生
每天，我会摆正自己几次
必须说出真话，摁下谎言的头颅
活着，如履薄冰
必须保持血液里流动的细胞干净
否则，我们将无法以自己的身世
赴约另一个黄昏

随时准备哭泣，深锁晦气之门
这么美妙的容貌，大街上的戒指
自己搀扶自己，自己看好自己
无谓的宣言短暂无比
火燃烧了世界
火也灭亡了它本身

这么多雪地的脚印，杂乱
前后彼此覆盖，而身后继续下雪
如果后者分不清前者是谁
那么，后者请保持警醒
并保证脚步的均匀

原载《时代文学》2013年第10期

尖　刺

金铃子

这里长眠着我的亲人
坟头上已长满荆棘。我路过它们
它们刺伤我的手指
难受的一刻，我又有点激动
我那死去的奶奶
她生前从没有像荆棘一般刺人
埋藏在她心底的尖刺
从没有刺透她慈悲的心
她把刺变得和心一样柔软
爱像一盏油灯
这油灯挂在坟头
灯心烧枯
火焰由光明而至黑夜

我安静地站在这里，提着那盏破破的油灯
我的奶奶啊，大地像您一样端庄贞静
一切烧成了灰
只有那根骨刺还在警醒后人
是刺终归要尖锐
是人，必须站直

选自作者博客，2013年10月

今日死于明日

水　笔

老年颐养中心隔壁的
儿童福利院
住着三百多个智障身残的孤儿
他们来自四面八方
有的还在襁褓里
就被人送来
他们像院内的梧桐树
被人栽到这里
从生到死，不再挪窝
只是每年照常
落一些叶子
他们长得那么慢
令人烦恼

原载《生活365》2013年10月号

离离原上草

赵玉丽

草那么深。少有人来
只有割草喂养牲口的老妇人在忙活
野兔从洞穴中窜出，东张西望
野鸭群昂首阔步
在天气渐凉的时候
它们好奇，我这远道而来的客人
用城市里的面包屑招呼它们

我感到万物在呼吸
同一宇宙我同许多人同呼吸共命运
渴望把所有的日子过成节日
渴望是红色的
血液由夏日的沸腾变得平静
这是金秋十月
太阳是橙色的，又慢慢变红
草那么深，在原野上摇曳就必须
顶着风

选自作者博客，2013 年 10 月

慢生活

周　兴

在月亮的山里
你要学会与孤独对饮
像一个久居内心的隐士
桂花从门口一朵一朵落下
它们真慢，它们真美
它们慢得像陈旧的岁月
它们美得如第一次见她的样子

是啊，你说要自己来尝尝孤独的味道
把身体和灵魂浸入这茫茫的夜色里
有时候，你用舌头卷起山里的云雾
它们弥漫开来，让你觉得远方的远
是陌生而迷幻的词汇

现在，你坐在建设路197号的旧楼里
坐在当年老革命打下的江山上
你有种错觉
你是一个旧人
来这里，很久很久

选自作者博客，2013年10月

凭栏处

左　岸

突然的沧桑，夕阳与我靠得更近
理解春风的转身，想扫除我的道路
多少年来，寻求诗歌把我灌醉
难道只为荣获一点点辛酸的快感
而忘记最初的忠诚

河水走了，风暴来了
哪里有自由，哪里就是我的祖国

原载《岁月》2013年第10期

挪威高原印象(外一章)

李　壮

房屋

在所有的高度之上，糙砺的石墙将万物再度垫高。所在于斯，飞鸟不过，只有石块的垒砌垫平了山坡的斜度。它们垫出一块小小的平原：栖身其上的生活，从此更加高寒。

用树木的死亡排列过冬的居所。白雪一落，那种叫"人类"的活物就要退扼其中，我们的死亡将比树木的生长更加漫长。所有的窗户都向内凹陷，如一只空洞的盲眼，以此尽量地避开寒气。窗框到外墙之间，半米宽的外窗台刷着白漆，它一干二净并空虚满满。随着某一阵云色的黯淡，也许会被落雪堆积、充塞，却正可以更好地封闭起来，躲开光，也躲开光的缺席。

而我们将耗尽整个冬天，在木头的深处，静静煨炖自己的骨头。

草甸

所有的一切在这里都被寒冷隔断了。"连续"在这里只是一个虚构的词语，生机是破碎的，甚至连生机的缺失也是破碎的。只有混沌初开的记忆是连续的，然而混沌本身即是碎裂。

一团，再洇成一片。蒸发，干涸，随即在另一块裸岩之下冒头。洒落如同天堂之血的，不是云彩，而是草。在挪威高原，天空的手掌把云和寒冷压向大地，风赶在关门以前侧身挤过；在挪威高原，甚至石峰也无法站立，草更要长大，你得摊开了生长，仰身贴紧了铁一样冷的地面。这里的纬度太高了，竟然已逸失到了《圣经》的扉页之外——纯粹的天与地，此处只有俯视仰视两种视角。

因此，一落种子就得快！高寒的冻土与永恒的死亡，两种寒冷之间，你需要选择其一。当云雾掠过的时候，要抓紧时机扯住几把冰晶，然后向黑色的碎石地上扎根。侧耳细听，咯吱咯吱，那是此起彼伏的破碎之音。那些伟岸的想象都只是骗人的笑话罢了，生命本是一阵匍匐在地的咬牙之声。向上的每一厘米，都该算作是巨大的胜利。

不论怎样，生存乃是无须论证之物——它如同公理，也如同伪命题。星星点点的绿色竭尽全力地蔓延，起初是大朵的草，后面是小朵的草，再往后隐约看到尖儿和根茎，最上面则只有苔藓。这里是高山的草甸带，比起地理书上的图画，它的寒冷有真实的疼痛。

大块的黑色碎岩横尸在坡下，粗糙的断面上，忽而显出斑斑驳驳的铜绿色。是草和苔藓的传染吗？难道即使这样，还是试图颠覆这牢不可破的遗忘？我抬头看去，荒蛮的太阳正倾注黄金的雨水。我听见这冰冷的爱情被吮吸一空，脚下的土里，一个新的季节在暗暗悸动。

原载《星星》(散文诗·下旬刊)2013年第10期

垂　柳

孙大顺

这些死去的水妖
拂动的发丝
撩逗着这个下午隐秘的伤

在一个滑腻的人间
不用前世渡河
不用今生过桥

为了偿还江南的旧债
替落难的才子们活下去
将一杯春风
从年头喝到年尾

如果呢喃是一种罪过
如果柔软是一种宿命
如果葱郁是一种折磨
那就借助一枚弯月
还有几级落地的台阶
要么让它赤裸裸投水自尽
要么让它一头撞死在
不清不白的声名里

原载《诗刊》2013年10月号

圣地拉萨

陈国华

湛蓝的天空
明媚的阳光
洁白的雪峰
迎面掠过的清风
带着田野和青稞的气息
以及沉醉悠长的歌声
拉萨这片雪水滋养的土地
苍老而温情

拉萨的秋天是属于朝圣者的
天气变凉　游人渐退
拉萨回到原来的样子
沐浴秋阳的日光
禅修的僧侣走出寺院
接受信众手捧的酸奶
忙碌了一年的信众
以一种超然物外的神圣感
成为转经的人　朝佛的人

秋天的拉萨　是一个充满色彩又安宁的世界
空灵的心中　洁白的云朵都成了祥云
我听到了高原大地静穆的回音

选自作者博客，2013年10月

沙　化

灵　鹫

冬天的爱欲
噤若寒蝉
我悬挂在冬季的枝丫上
摸不清冷漠的方向

在得到她的心之前
你渴望先得到她的嘴、胸、身体
男人像女人磨掉的指纹
不够深刻和纯粹
容易在失血的冬季里不翼而飞

美好只在相对的美好里稍纵即逝
圣洁的符号有更多改写的余地
在这个鄙视与被鄙视的年代
谁都抵挡不住你沙化的速度
沙化的面孔
沙化的骨骼
沙化的情绪和衷肠

我真的不需要伟大的爱情

我活过来了

可你呢

午夜

你的影子和烟囱一样长

在窗外唏嘘了一下

朝冷漠走去

原载《诗刊》2013 年第 10 期

一个词

谢克强

它在流浪　它一直在流浪
在我的笔还没有遇到它之前
它一直在时间与空间里流浪

它之所以选择流浪
就是选择自己掌握自己的命运
或者　选择历经沧桑
亦如我选择诗

它知道一个词的生命价值
它之所以选择流浪
就是选择一处适合自己的位置
彰显思想与艺术

它在流浪　我的笔也在流浪
像思想的弓弦拉响时间的小提琴
一个诗人倍感幸运的事　就是
一支笔与一个词的邂逅相遇

只有那时　诗人和词才找到了
属于自己的光芒

原载《诗潮》2013年第10期

幻　觉

罗　晖

在岁月的夹缝中
我们是那么渺小
聚散的时光　变得越来越长
背影开始说话
生活变出幻觉
似乎不再甜蜜
而是流出了清苦的泪水

连梦都已经起身了
我们的灵魂还藏在哪里?
除了恍惚
有谁能让我相信
世界的真情又在哪里?

在我们的生命中
有太多的欲望　吞没理智
太多的欺骗　躲在一角
就在我们觉醒的那一刻
堆积着的幻觉
来不急看清
就已经模糊

选自作者博客，2013年10月

为一只蝴蝶打开旷野

吕天琳

迎春花开放的日子，像是给田野镀了金
空气也变得贵重了，一阵风就能买下
一片好色的草地和山岗，溪流是最懂茶道的
它要让江南的雨前茶，把结石的人心泡软

我从一堆褪色的杂物里翻出一把
变形的口琴，想吹一支和它一样生锈的歌
只要能打动一个老不死的音符
就能引出一群年轻的蝴蝶
呵，一群艺术的蝴蝶，它们像颜料一样
瞬间就会把天空涂得和它们一样

我猜想它们中，至少有两只仍然相信爱情
相信一把小提琴，作为最有良心的乐器
来为它们的盛宴捧场，它们一定
不相信钻石，那里面装不下一个庄重的来世

好花都不在城市，所以神更青睐乡村
青睐一个守口如瓶的花园，孤独放久了

才更芬芳，更有一股够火候的味道

现在，我要为一只心里装着教堂的蝴蝶

隆重打开旷野，让它们见识一下

升起在民间的苦难的慈祥

选自作者博客，2013 年 10 月

雪

郑婉洁

它一直游走在你心脏跳动的地方
带给你灼烧，哭泣，呻吟
直将躯体交付
灰烬，与雪
野风的喟叹中吐出沉重的季节
身体是一片荒芜之地
当散落四处的沙砾
吹过一场小小而无人察觉的季候风，南风
将覆盖在霉下的影子加冕
墓碑上的荣誉
古老的星辰棺材般腐朽
谦卑如我们，
在秘密的幽暗地窖里
感知你多年沉钝无光的寂静

选自作者博客，2013 年 10 月

十一月

高山青[①]

白　灵(中国台湾)

有谁能跟这首歌赛跑呢
全世界唱它的地方自动长出一座山

回到原乡　这首歌开始表演裸奔
阳光正协寻　黑林里到处是光之袖子

关于歌的故事永远是一团雾
小心　前头迎面撞来的是——汽笛

明日坐上小火车　嘴里吐着花
将整座山又载远的　一定是　你

原载《国际汉语诗歌》，2013年11月

① 注：邓禹平作词、张彻作曲，1949年电影《阿里山风云》主题曲

研讨会

方　群(中国台湾)

陌生的论文对峙着你我熟稔的尴尬
麦克风里传来阵阵催眠的学术说法
浓稠的茶叶推不醒昨夜的漂浮宿醉
简报笔的转动随意抛向历史的穴位

笔记本上涂抹衰老建筑的轮廓速写
嘈杂的相机复写我记忆存盘的边界
凝视一只没睡醒的烟灰缸四处闲逛
旁听疲惫泛滥的落地长窗继续回响

原载《国际汉语诗歌》，2013 年 11 月

诗之孕——贺鲅鱼圈北方诗歌创作基地揭牌

曾凡华

雁向南飞　车往北来
秋天的渤海湾　水天一色风月无边
处子般的远行定在今天
行前　你就充满了期待
一如怀珠的蚌
等着打开
当红红的盖头
扉页一样被人揭起
你红红地一笑
就嫁给了鲅鱼圈
落落大方的样子很是可人
很是让人怜爱
我知道你为什么面无羞涩
因为安徒生给你讲过青蛙王子的故事
此刻　海的洞房已布满烛台
当烛影红红地飘落
你也会红红地
红红地怀上一个诗的儿子……

原载《国际汉语诗歌》，2013 年 11 月

呆瓜传(节选)

莫　非

0. 开花都是一样的。

1. 在金字塔尖上看，什么也没有。

2. 在金字塔下面，可以看到金字塔。

3. 金字塔的另一侧是什么，转过去才知道。

4. 埋一粒种子，然后相信世界有一个湿乎乎的洞。

5. 常识，等着看人笑话的常识。

6. 和清洁工一样徒劳，和清洁工一样神圣。

7. 像自由人一样说话也做不到吗?

8. 有的星星看不见，不是我们看不见而是生命太有限了。

9. 没有光芒的世界有着清晰不变的轮廓。

10. 分辨善恶的能力是先天的。善恶是后来才学会的。

11. 老鼠决心乘一只竹筐出海钓鱼。

12. 干涸的昆明湖还是昆明湖。

13. 真理在握的人，往往羞于说话。

14. 隐喻是这样一个词，所有愚蠢的说法都有它的影子。

15. 对苏拨来说，死胡同和万里河山是一个东西。

16. 树根都是最后死的。

17. 因为恐惧，天使和魔鬼都离我们不那么远。

18. 魔鬼和天使仅仅隔了一层薄薄的窗帏。

19. 旁观者和当局者清楚的绝不是同样的东西。

20. 狮子不清楚自己的厉害，这对狮子和人都是危险的。

21. 耐心是所有失去的东西当中最容易失去的那一个。

22. 蚂蚁有蚂蚁的足迹。你看见大象的脚印为什么要兴奋呢?

23. 风景画家给了我们看风景的时间和心情。

24. 如果我们不糊涂，通过读书是可以糊涂的。但我们很久以后才知道。

原载《中国新诗百年大典》，2013 年 11 月

赤脚的痛

骆　英

赤脚蹚过山溪时我感到冷峻
也许是深秋的霜化作了溪流
我让心静下来慢慢在溪流中走
想象着世界其实一直就这么流动
早早熟悉了圆石触痛脚底的感觉
慢慢走　让痛从心底慢慢升上来
声音在脚底就已经消失了
其实　喊痛也没有什么意义
我是一个漫游者　我喜欢迷乱
我是一个漫游者　我喜欢漫无边际
在一次停顿时我踢翻了一块石头
它立刻在星光下五彩斑斓
它无声　一直顺流而下
也许　它早就想换换位置

选自作者博客，2013 年 11 月

我们的爱情高过喜马拉雅——献给 My

南　鸥

亲爱的，你在万米高空
你卷走了我的空气。呼吸像休止的乐句
我珍藏的词汇背井离乡，我变成一位
打着手语的哑巴；我的血液被抽空
我的手脚，瞬间冰凉，时间
在我的脸上停了下来

其实你让爱情高过喜马拉雅
世人昼夜仰望，所有的天鹅昼夜歌唱
你让天空和云朵偷听我们的情话
你看，月亮和星星争先恐后
围拢过来。月亮是我们的新房
星星要做我们的伴娘

选自作者博客，2013 年 11 月

就当他们是狠狠地教训生活去了

潘洗尘

醒来发现　这世界又少了一个熟悉的人
而自己还留在原地
真不知这样悲喜交集的日子
还要持续多久　还能持续多久
长久以来我们都被生活教训得太苦了
想想走了的人也好
就当他们是狠狠地教训生活去了
而我们还要度日如年　继续做时间的小学生
直到成为这个世界的累赘

选自作者博客，2013 年 11 月

在乡村的一个夜晚

姚江平

在乡村的一个夜晚，听雨
声音很干净，落在屋檐上
流下来，落在梨叶上
滚下来，落在有点硬的
土院，倒像是豆子进了炒锅
敲敲那口倒扣在墙角的破铁锅
拍拍挑水用的那两只水桶
看不见一丝雨线，说不出
一片漆黑里雨的姿态
但我分明听到了鲜嫩嫩的撒欢儿
仿佛刚出生的婴儿的嫩音
让洁净的乡村之夜睁大了清澈的眼睛

选自作者博客，2013 年 11 月

胡 须

韩庆成

不知从哪天起
刮胡须
成了每天起床都要做的
一件事

也有忘记的时候
那张脸
便变得张牙舞爪

如今用了多少刀片
已经记不清了
隐觉把刀片收集起来
可以打一把砍刀

还是希望把砍刀
分割成小小的刀片
这样就安全了
这样面孔上棘手的部分
就可以自我消灭

原载《诗歌周刊》2013 年 11 月号

彼岸叫农村

汤胜林

我所居住的江口湖边
此岸是安静的小城
彼岸叫农村

彼岸时有哀乐
鞭炮、锣鼓、唢呐客串
主角是一位职业哭丧者的录音

只是从春到夏到秋到冬
这程序和说辞千篇一律
让我怀疑，彼岸经常死着同一个人

或者，彼岸住着一位
能死一万次的神

原载《诗日历》2013年11月号

塔尔巴哈台

亚 楠

月光下

这时，风用寂静对大地耳语。仿佛花开的声音，曼妙、柔润，却又透出淡淡的忧伤。山楂树清亮的词语，忽然间密集绽放，千树万树，这洁白的蝴蝶把生命推向极致。而我所能够看见的，是花香、思绪和澄澈之水，以及时光飘落的鸟羽。

但我并没有在睡梦中醒来，没有像一只萤火虫，用微弱的光把自己照亮。我只是看见了，灵魂漫游的清冷与迷茫。也许，这便是生命的本色，是一缕光对另一缕光的馈赠和礼赞。因此我的思绪就有了依托，就会在静默中回到故乡。

不过现在，我已经有了准备。在塔尔巴哈台，在这静谧的月光下，我想，我们都会循着花香回到语言，回到灵魂的栖息地。

远望巴尔鲁克山

青灰色的山脊笼着梦想，仿佛一次朝觐，心就这么忽然安静了下来。那时，我在莽原上远眺，巴尔鲁克深情的目光之外，花香和鸟羽，以及那么多柔软的时光，都在缓慢中显现出坚韧与永恒。

而隐喻的力量愈加绵长——云卷云舒中，天空用透明的水银装饰，宫阙和羊群，抑或那些明灭起伏的峰峦，此刻，它们也会发出恒久的光亮。

但我已经看见了命运的底色。纵深处，生命穿梭其中，就像上帝的一个花园，蔷薇开花了，野芍药含苞欲放，锦鸡儿黄艳艳的笑脸，以及花楸树清澈的梦……她们栖息在寂静里，却用美唤醒人类日渐淡忘的记忆。

啊！于是我就想，在这辽阔的草原，谁又能够回到时间的彼岸？

原载《人民日报》2013年11月

无形的丰碑

洪老墨

摩天大楼虽高，但离雪峰甚远
茅庐虽矮，但却窗临南山

绳床瓦灶前
站着一位疾恶如仇的凡夫俗子

以墨当酒，以笔当筷
夹起往事的酸菜。痛苦顿首
十指在选矿中滴血
擤一把鼻涕拭一把眼泪的悲疾
在苍天呼唤皓地的应声中

无须别人知道劳作的艰辛
痴情宛如把头伸入爱神的雄螳螂
追求一种比肉体更加欢乐的意境

当一座红楼焚作火焰的时候
当一片火焰开遍高山花的时候
当一片山花变成红霞的时候
一座无形的丰碑
巍峨屹立在高山之巅

原载《江西画报》2013年第11期

青　春

高艳国

一

青春，是一颗欲滴的泪。

在记忆的垄上行走，这颗泪便会在孤独里晶莹，在惆怅里盈动。垂挂腮边，是沉默，语言又奈何得？尽管有风吹过，尽管有雷声响起。

无法用语言抹掉的泪，垂挂成一种风景，在人生的季节里独秀一枝。

品味这颗泪，每个人都会变得笨拙。不知它的诞生和结束是怎样的一段历程，不知这段历程的缘起和归宿带有何种颜色的标记。

青春，是一颗欲滴的泪。落在泥土里，茁壮成一株蒲公英，迎风摇曳，绚丽多姿。

吹一口，这颗泪便会溅成一幅韵味十足的风景，令人驻足，回首。

二

青春，是一只飞翔的鸟儿。

啁啾林间，渴望拥有更广阔的空间。

风，亦柔亦刚；雨，亦淅亦稠。最是青睐雨后的清新，盘旋在七色的彩虹中，或歌或舞，接受大自然原始的熏陶。

衔泥为巢，用舌蕾感觉土地的味道。青春最懂得依恋，最向往丰厚。以土为基，任何风任何雨无奈一种呵护。

青春，是一只飞翔的鸟儿。飞行的快乐是跳跃在一扇窗前，用渴望敲打，等待有歌声将真诚传译。

这样的驿站，你我应当用心而筑。

三

青春，是一本打开的书。

夜拥而读，有一种清新的感觉撞击每一根神经。启迪抑或感悟，是指间的轻轻跃动。

即使是陶醉，也无须扬一种境界、弃一种无知，欲哭无泪，喜悦有声，全是心的自然塑造。

读不出一种丰厚，但你不能否认单薄的真诚；

读不出一种深沉，但你不能否认清纯的魅力。

每一个人的案头，都曾有过这样的一本书……

芸芸众生中，拥有的虽是一方孤寂，而心却始终交融富有，

不曾荒凉……

原载《山东文学》2013 年第 11 期

在千万种声音中

黄殿琴

相许的时刻
我从不敢说有最后一次
就如同在没有道路的天涯
说不出最初那片水红色的情感

当开始低落的语言变为渴望
得到一首无与伦比的情诗
我便相信了所有所有的心愿
都已在彼此的宽容中找到归宿

原载《千岛日报》2013 年 11 月

北影厂门口

刘旭锋

当我意识到
那些人，是为一口饭而来
我就原谅了他们

原谅了他们丢下锄头
跑进电影、跑进电视剧

熙熙攘攘的北影厂门口
到底有多少人
彻底把自己放进了生活这场戏

选自作者博客，2013年11月

夜幕下的山影

刘伟雄

它那么沉静　在星光灿烂中
横空而出　没有语言的语言
就是这样把夜色的迷离
分解得支离破碎

不知道它的姓氏　这辈子
注定要翻越的高度　有关戏剧
有关寺院里的梵音都一样
把俗世的苦痛唱遍

能说沧桑历尽的悲凉吗
这个夜晚　平生的脚步
没有这么整齐　划过的时空
都是檀香的那一缕

回首的空朦　有大雁的鸣叫
也有山涧蛙的回应
我在反复的摸索里
看清了这一条唯一的山路

选自作者博客，2013年11月

昆仑玉

牛红旗

那有光的地方
我的哈达，披在石头上
黑黑的石头，披了我的哈达
有些白

哈达与石头
都有雄健的腰脊和光滑的坚守
石头里面的人
一次次醒来

一次次揉开惺忪的双眼
我笑了起来
至今我还那么绿，体内
还那么多水

原载《中国艺术报》2013年11月

十四行诗之婉清

叶　开

婉清是树上的孩子
在茧中梳理自己的羽毛
等待着一颗种子的成熟
被花狸鼠摇落在风中

婉清是雪的孩子
她的皮肤很白
她的睫毛长及腰身
王子在梦中为她写诗
白马沿着麦秆传递爱情

婉清用三面镜子梳妆
她的眼睛是西夏王妃
她的头发有海洋气息
很多人想为她写首诗
老虎衔来黄金的发饰

原载《华语诗刊》2013 年 11 月

铁环　桑叶的墓地

刘少柏

夜里　我困囚在昏暗的灯光下
埋头　穿行在一种莫名的历史幽光的路迹

而眼前　不管你愿意不愿意　或热衷于街谈巷议
或褒贬不一　该发生的都如期而至
步履在真实的传说中毫无选择地以身相许
当醉心于石坊石磨的寨主在慌乱的毁灭中
呐喊摇旗　走下祖先青稞的祭坛
走下诚笃的青铜耕犁　大雁断翅
坠入了谁的书卷网底
一纸劫持的甜言蜜语囚禁固有的往昔

一只开天的铁环　私密的舞美道具　砸出
蜂拥而起的众多妯娌　连体的排句邻居
砸出坚如铁石而又相互自残的星系
打入人类每一寸骨膜　作茧的诗体
让你无法抽出身来松翅更衣
无法身探窗外洗去一帘幽梦所套牢的嗜癖
或明仗执火　或暗藏神谕的疯狂水聚

选自作者博客，2013 年 11 月

眼 泪

谢湘南

喂给他一些水泥
或者更坚硬的石头
如果这城里难以寻找
就去戈壁滩上找
一定要找到最坚硬的那块
喂给他
如果他的牙
不能再咀嚼
那好吧，让他把整块石头都吞下去
吞下去
连同他自己的牙齿

这个没有眼泪的人
一直在逃避眼泪的清洗

原载《南飞燕》2013 年第 11 期

猪族漂流记①

熊国华

我们是十二生肖中的一员
人类的朋友

我们好吃懒做
常用来形容愚蠢

我们温驯善良
总是被人宰割

我们为人民服务
宁可穿肠烂肚

我们集体在黄浦江上漂流
创造千古奇观

我们是猪八戒的子孙
祈望死后升天

选自作者诗集《旋转的世界》，2013 年 11 月

---

① 注：2013 年 3 月，浙江嘉兴数万头猪因食用加入有机砷的猪饲料添加剂内脏腐烂而死，尸体被抛到黄浦江中漂流游行。

那个亲戚，那个字

雪丰谷

就这么走着走着
就把那个字走丢了

起初我并不介意
想不起来就想不起来呗
就像日子走着走着
便丢掉一个亲戚

直到过年那一天
直到压岁钱装好的那一刻

那个亲戚的哈哈笑声
从天堂里传了回来
我才惊喜地发现，那个字
是多么的温馨

原载《文学报》2013年11月

那些梦

杨 邪

那些梦，那一面面
雪亮的镜子
永远让人无所遁形

那些梦，天天照见
我的形体与灵魂
——它指着我的鼻子
戳着，我的脊梁骨

真是奇迹，也照见了
童年模糊的角落
——居然一下子无比清晰

更为神奇地，还照见了
许多年后的那一个个黄昏

那些梦，像一只只小狗
追咬着衣角，口袋，脚跟
追咬着我的屁股——

原载《芒种》2013 年 11 月号

给飞鸟喂食内心的彩虹

黄礼孩

水知道水的深渊，在高处，也在最低处
记忆与现实交错，一条演奏的水路
它的宽，它的无眠，琴键也难预测
我并非想恭维牧场般的地中海
是风在迅速展开，是浪暗中涌起
在海岸线漫步久了，身体里的日子也排列成波浪
没有谁可以免于时间水纹带来的印痕
远在他乡的水银姑娘，你没有来到这古老的海岸
此地终是陌生的旅程。想起上次在深圳的告别
忧伤像海水从未停息。一个人携带的地中海
越来越辽阔，我没有迷途，只给飞鸟喂食内心的彩虹

原载《人民文学》2013 年第 11 期

喜　雨

阿苏越尔

雨，心情透明的雨
被我信手拈来倾诉的雨
像大街上的红男绿女
在天空中拉拉扯扯

这是旧时代的雨
落在新时代的机器上
叮叮当当，锈迹斑斑
我怎么可能一步跨千年

操一口书面语小声讲话的雨啊
直奔爱情的主题，在清晨
用盛开的水花致使河流怀孕
在小城，一袭雨衣，掠过是非

选自作者博客，2013年11月

秦 腔

樊晓敏

哀哀怨怨，如泣如诉
深入骨髓的曲调
从生到死，入情入理
飘在乡野，更赶在亡人送埋的时候
在苍穹回荡，又在荡气回肠中永生
活人听着心安，死人听着愿了
秦腔的魅力还远不止这些
历史就在那些婉婉腔里演绎
更深些吧深入灵魂
更爱些吧爱如梦境
与时俱进
永不落伍

选自作者博客，2013年11月

自嘲帖

王彦山

荷尔蒙过剩的年纪
喜欢过摇滚
风花雪月的岁数
学过一阵子二胡
后来想当海子
麦地却已转包了三手
想做周云蓬
可还没有盲目
迷恋过咖啡
只会用一用虹吸壶
偶尔读古籍
也常常是食古不化
人活着，乐趣不多
现在更喜欢看小女
绕在我床前
跳起骑马舞
还不忘先戴上她
酷酷的墨镜

选自作者博客，2013 年 11 月

寄海南

张　尔

天空乃有疑云，云与云朵之间，也密布着
阴暗。短暂的灯弧箭一般掠过，星火陨落并
迅速四散，成为粉碎大地黢黄的谶言。
风，从海的另一面夹击，巨浪撕扯着群鸥
漫长的海岸线将光与影凶狠地斩断，夜幕翻吐着鱼白。

雨过，两个人一前一后，挤进国家高速
的尾烟中玩命地排队。卡车显然跑得更快些
疾驰的噪音如饥饿的钟摆，她越来越远，
连衣裙与路肩荒草混为一片，也就是说
她的夜影，在加油站上空将形同一束诡谲的轻烟终至虚无

一座岛其实则更加虚无。秘密曾在那里公开或偃息
海军医院的女护士与医生，牙病患者与骨科病人
看吧，海口跌宕的金盘暗藏了一座财政厅
咖啡豆，野槟榔，东北话，西南音，新港口上
自驾游的环岛客正为那散尽头骨的汽车充电。

就义的英雄也被砍了头，便在那不远处，

碉楼的钢窗焊起了一朵不败之奇葩，盛开在暗遭洗劫的时代。

他单手险握方向盘，她的月经却紊乱

哦哦，紊乱，紊乱，道是云雨撑开不惑的阳伞！

选自作者博客，2013 年 11 月

劳动者

三色堇

森林　道路　石阶　粗糙的生活
斑驳的光，映着他抽着劣质烟的脸
大风刮过暗处的阴影
难以复述的表情　在修复和加固着别人的驿站

他们固执地魂牵山野
共同承受人类的善良与岩石上的汗渍
最初的引领者　遗忘了自己如饥似渴的生活
被时光打磨的手，让我羞愧，脸红
我不能替他品尝树上的浆果，地上的花香

不一样的场景，决定不一样的我们——
他们隐藏的　多于我看见的
除了难以兑换的空气与呼吸
他渴望生活的滋味与眼神刺痛了我的生活——

原载《诗刊》2013年第11期

朋 友

徐 江

裕固族老友贺中
久居拉萨
留一副维吾尔族胡子
换上唐装
就能演安禄山

在这个全民热衷娱乐
骂诗恨诗的年代
安禄山给微博
取名“诗人贺老憨”

这就是我的朋友
我们写诗，未必非要
去过遥远的盛唐
我们来自亲切的
1980年代

选自作者博客，2013年11月

十二月

嘉峪关

潘　维

一

多么远啊，只有单程票才到达过的
那种远！
黑夜成群结队相互取暖的战栗之远！

每一刻，沙土的锈味、香味，
都异常坚定。

闪烁不定的是烽火台上的狼烟，
是一匹枣红马驮着海市蜃楼，
是葡萄酒在流放途中醒了。

二

设立在苍茫中的一个开关，
我只想打开你的怀柔方面：
飞天女神和日光乐队，
以及，暴风雪升起的白幡。

被牧羊鞭抽打，
被戈壁深度虚无过的——寂静，

被祁连山浮雕过的，
被兵士的怀乡病折磨过的——大寂静，

发生了变化。

侍者戴着婚戒，送来
问候；一片乌云，
是龙送来了雨水的菜单。

选自作者博客，2013 年 12 月

贵都高速：陡坡脚隧道

黄亚洲

汽车抛锚在隧道中间那是有道理的
贵州诗歌节即将分娩
这个节日还没呱呱落地就已取好了名字
叫做“首届”

匍匐在大山的肚子里那是有道理的
发动机踏板始终以沉默回答南鸥激动的脚
南鸥就开始拨打 110
他是诗评家，我是诗人
他是诗歌节的策划，我是来宾
大山肚子里，诗歌有了一粒受精卵

贵州多山，多母腹
所以一些精彩的东西，容易从贵州分娩
譬如诗歌节

诗歌深陷黑暗的那种彷徨、无助
还有迟疑、敏锐、挣扎
都是节日的要素

诗人在黑暗中发育那是有道理的

选自作者博客，2013 年 12 月

花　朵

金所军

这是风中的花朵
风在尽情地抚摩
风的手，风的脚，风的拥抱
风闭着眼，屏着呼吸，忽然而至
风吹过一张脸
吹过一个爱着的人
吹过空旷的对视
吹过内心
吹过一生

选自作者博客，2013年12月

感受华山

刘益善

北峰云台　坐在一块石上
我躲着人群抽一支烟
让烟雾与华山云相缭绕
我与云雾共缥缈相融
我是华山的云雾一缕
是悬崖上的一块石头
是上山路上的一棵草
挺拔伟岸松上的一根针叶

华山东峰南峰西峰中峰包容
我是这只中华大包子中的馅肉
华山　我的父亲之山
让我回归到你的体内
再蕴含再生长千年万年亿年
增添我你的高峻
和坚韧强悍与大气
在云海蓝天中屹立雄奇

阳光冉冉而来照耀

云淡风清烟雾渐渐远去

父亲　我仰望着你

请给我一次新的生命

我的名字就叫作中华

原载《长江文艺》2013年12月号

芭茅花的春天

唐　毅

向天的箭，带缨的枪
深秋，芭茅花的春天到了
（不对，时序有点乱了）

夕阳是秋天的
金色。浅灰或者深灰的
芭茅花是秋天的
（我也是秋天的）

春天在来的路上
春天在去的路上
在秋天，春天也无所不在
（你曾告诉我：寒冬是雪和梅的春天）
芭茅花在野地列出阵势

原载《遂宁日报》2013 年 12 月

长腿的姑娘跨过了长江

马铃薯兄弟

长腿的姑娘
你跨过了长江
地球第三条大河
你的腿该多么长

我们来到世界
也将离开世界
爱也一样
终将全部留下

世界上江水流淌
像绸缎一样
抓在谁的手上

原载《南京评论》2013年12月号

沾亲带故的人

阿卓务林

因为高寒，他们喜欢靠山而居
因为贫穷，他们喜欢攀亲道故
他们有的嗜酒成癖，有的花粉过敏
有的牙齿洁白，有的染上兰花烟
愁苦的色彩。有的像受惊的野马
脾气暴躁，有的如牧归的犍牛
性情温和。有的蛮不讲理，有的逆来
顺受。有的是天底下最好的好人
有的是天底下最坏的坏人
更多的，是不好不坏听天由命的人……
那些与我沾亲带故的人啊
开心的时候，他们会哈哈大笑
旁若无人地镇定；悲伤的时候
他们也号啕大哭，肆无忌惮地从容
他们的喜怒哀乐，与世界各地的人
没有本质的区别

原载《边疆文学》2013年第12期

你好！小兰①

毛秀璞

翻译小兰
一个美丽的华沙姑娘
一个曾在厦门学汉语的好学生
一个会烹饪波兰菜的好女儿
一个语速如机枪的好翻译
一个嫁给中国小伙吴若霖的
中国媳妇

你好！小兰
你像一首好诗
没有国界

原载《诗文杂志》2013 年第 12 期

① 注：小兰，中文名沈兰，波兰作协专门为作者参加诗歌节邀请的翻译。现任波中友协华沙分会会长。

图书馆

印子君

透过图书馆的玻璃门，
我看见一群伏案的人正在悄悄变成文字，
变成文字的印刷体被装订成册，
一本一本立在书架上
他们成为一串闪光的名字，令人刻骨铭心
曹雪芹，鲁迅，聂鲁达，惠特曼，普希金
这些文字都在说话，有的站着说，有的躺着说，
用象形说，用拼音说，但最后，
都用沉默说。只有走进文字的心脏，
只有靠近文字的骨头你才会明白，
沉默是他们最美妙的话语
也是留在这个世界最持久、最尖锐的声音

透过图书馆的玻璃门，我看见一部部厚书
正在悄悄分解成一个一个印刷体的文字
一个一个印刷体又还原成一个一个手写体
手写体又变成一个个在灯下咳嗽不止的身影

原载《星星》2013 年第 12 期

致一百年以后亲爱的你

徐柏坚

如果还有来世
我会选择高贵地活下去
这个世界
一点儿也不可怕
黑暗也不会黑得
让你走投无路

作为一个命定要长逝的诗人
我从人世间亲笔
写给在我一百年以后亲爱的你
人类的苦难不过是一颗露珠
迟早会在阳光下
化为轻雾，化为水

降临到人世间的你
要热爱劳动，思念你母亲
你有抛弃的权利
它不会改变你的轨迹
也不能摧毁你的尊严
信仰及傲气

选自作者博客，2013 年 12 月

梦 境

川 美

这个梦境与死亡有关，亲爱的
可是，因为梦里有你相伴
我多么爱这死的意境
爱三月的墓园胜过温软的床单

一幅画，镶在山梨木镜框里
你对着画中的景象惊呼——
“瞧，大地种下多少亩眼睛！”
“多少眼睛在土里发芽儿！”

更多的，等待播种，就像我们
等待一场喜雨。然后
像落下的核桃，等待一篇童话

谁替我们盖上浮土，踩实？
摸索着走进洞口。黑暗中，
相牵的手，抓得更牢……

原载《诗潮》2013年第12期

眺望明代的石板桥

周　玲

湖水隐退，石桥从稳秘处现身
古老的沉默里，风沙在呜咽
行走的人，心怀慈悲
却抚不平石板上那沧桑的纹理

一条水路，从明代曲折走来
谜般的过往
往事一样地寂静
看不见源头
我们翻晒不出更多的细节及线索

穿过石桥的背影流落进民间
从此岸到彼岸
过往的脚步遗失了回声
几百年的沉寂和等待无关
在某个深秋，某个枯水期
湖底深处的石板桥，它只是习惯在低处
偶尔探头眺望
找回一些人间的真容

选自作者博客，2013 年 12 月

写诗如烧开水

周冬梅

常常，母亲是这样写诗的
她把一口锅架在灶膛上
用清水慢火煮日子的身心
日子暖和了
诗歌就有了温度
日子发烫了
诗歌就开始发烧，呓语
日子疼痛了
诗歌也跟着疼痛
日子沸腾了
诗歌也跟着尖叫
发出时代的牢骚

不瞒你说，我也依样画过葫芦
一次又一次地煽风点火
一次又一次地把象形文字投给孤独
一次又一次地从让意象弃暗投明
一次又一次地把爱恨化为灰烬

尽管如此

我的诗歌始终达不到沸点

我离一首好诗始终还差一度

选自作者博客，2013年12月

血脉深处

冷先桥

无法释怀的
是这座禅城里
旧春的情感水面，荡起的
微澜

时光虽已破碎
而往事的尘土纷纷而下
以至于恍惚中虚静成为千古
情感越来越复杂
恍若一切都在梦中

轻唱的旧时恨
在一个细雨霏霏的夜
晶莹剔透
无边的哀伤
缓缓上升

皱巴巴的日子
不紧不慢地消逝

唯山河依旧

风月依旧

花香依旧

血脉深处的沸腾依旧

选自作者博客，2013年12月

想象中的死

华万里

我不知道我将死于何时，死在什么地方
死时是否是在喝茶
在看云
在不知不觉中随着一把竹椅
轰然倒下
有朋友高呼：心脏病　有朋友大喊：高血压
有一群红色的鸟儿
飞拢时
就变白了。有一颗棋子，黑的
与白的那颗
背道而驰，滚落到一丛牡丹花的下面
这真是撒手时如清风
这真是花下做鬼也风流。蝴蝶
在哭泣，茶楼在颤抖
只有我，在心中暗暗发笑：你们太多情了
我死得好好的，何必
这样伤心……

选自作者博客，2013年12月

跑马岭的石器

陈伟平

总有两朵不同的雪
年年在此相遇
总有星子落地的声音
把时光寸寸揉碎
芦花不是我的兄弟
我怀绕千古的心事
只诉说流水

炊烟站在更高的岸上
延续河流折断的视线和记忆
心怀敬仰的人呵
请不要盲目相信
我只是块沉默的石头
在源头
祖先们一次次把我粗鲁地叩醒
又一次次遗弃

选自作者博客，2013年12月

十二月

夏海涛

冬天在你身外　在温暖之外
你用润玉之手　拂过十二月
染满了醇香的日日夜夜
开放在绚丽的怀里

似乎已经很久很久
那些飞起又落下的花喜鹊
守在高高的枝梢
如果寒风高过了自己的声音
他们宁肯站立枝头　也不再发出一声
纵横的树条纠结起来　家在他们身边
变得质感和乡韵　让来来往往的游子
一再忍不住潸然　回首

而此刻
我只能站在北方的最高处
面向南方　听着风声
想象你捧起围巾　系住
暖暖的往事

原载《中国作家》2013 年 12 月号

潜　行

柳文龙

在黑夜　多少干枯的枝叶
等待火焰下的重生　北风慢摇
折断多少痛楚　而结局无言
河流中曲折的波澜没有尽头
听见了浆果的爆裂　若声声叹息
暮钟的幽光　游离于雾气之外
却能穿透植物丰富的肢体语言
许多想象沿着叶络的轨迹
轻松找到各自潜行的归宿
桨声欸乃　船篙点拨江湖暗穴
两岸泛黄的草木　云谲波诡
平添一秋寒意　水草中鳙鱼的深呼吸
只为满天星辰做最后的祈福
芦苇簇拥的天空　河水开始涌动
虚晃的影子变得一片汪洋

选自作者博客，2013年12月

雅泉的夜晚

梅　尔

此起彼伏的蛙鸣
和此起彼伏的狗吠
蛙们表达着惬意
狗们相互问候
山在影中沉默

一对正在发育的蟋蟀
伏在窗下谈情
雨又嘀咕起来
淅淅沥沥
淅淅沥沥
抚平了都市焦虑的皱褶
滋润着旅人干渴的心

我需要一盏油灯
就着潮湿的岁月
与夜对话

选自作者诗集《海绵的重量》，2013 年 12 月

湿梦

四月

一夜的梦，
你把我轻轻摇醒。
不知是你，
唤醒了我的梦，
还是我的梦，
唤醒了你的痴情。
留一个身影，
在紫藤下的树荫。
你的微笑，
像一架秋千，
舞动着我的娉婷。
你的柔情，
似甜美的风的抚摸，
月下的春水盈盈。
睁开眼睛，
一个湿湿的梦，
落在了我的枕边。
静谧的空气里，
还留有那玫瑰色的温馨。

选自作者博客，2013 年 12 月

内心生活

子云

我活着，只能有一种命定的形式
犹如炊烟，渲染的都是
古往今来的乡愁。我注定
要以一个梦游症患者的身份
终老，衣锦荣华
却踏不上还乡的路途

我守着神明的钻石一贫如洗
硕果累累也是空空行囊
我时常愚钝得不可救药
一颗颗孤单离群、出奇可笑的灵魂

顺流而下，你是否
已做好了朽腐的准备
衣衫透亮、辗转沉浮，源自神明的安排
让我在静默中冥想、怀念
深入污泥之所
对生活的背叛得以最终完成

选自作者博客，2013 年 12 月

酒　话

唐小米

有机会我们醉一次吧

两个人。醉得，像真的醉了

烂在一起

我叫你泥巴

你叫我小泥巴

不要每次都抢着说出酒中的秘密

——只要两个人，一瓶酒

就能周游世界。

不说也知道

打开瓶子，放出来的

肯定是魔鬼

醉了的人被允许制造童话

我的童话是

打开瓶子，放出一群

美人鱼。

我再也不阻止你娶她们为妻

我假装看不清

她们的美

是让世界模糊的

美。我假装化作肥皂泡

像一个肥皂泡混合了另一个肥皂泡的

血、泪、陶醉和梦想

那是之前的你

现在孩子们把我吹向天空

我长得和你一模一样

原载《滇池》2013 年第 12 期

编后记

时间流逝迅疾，一转眼，就到了农历马年了，时光的骏马驮着我们的理想、愿望与责任一路飞奔，丝毫不容我们懈怠。多年以来，由于自己与诗歌结下的不解之缘，或者说，由于我本人长期对于诗歌的热爱及对精神生活的孜孜追求，近十余年的时间里，我投入了大量的时间与精力编选了不少诗歌选本。幸运的是，这些诗歌选本得到了诗界许多朋友的认可与赞许，尤其是我近三四年主编的“年度诗歌(新诗)排行榜”，更是得到了诗界朋友们的普遍关注与热情肯定。缘于此，我再接再厉地编选《2013 年中国新诗排行榜》，对 2013 年年度范围内的新诗佳作予以遴选，以全面展示该年度的诗歌创作成绩与美学风貌。我内心非常感谢这些诗界朋友对本人这部年度诗歌选本的褒扬与错爱。其实在当下，有品位、有特色的诗歌选本不在少数，不同选家与选本之间彼此当良性互动，彰显出今日中国新诗的繁荣态势。

在此我还是要再次特意说明与强调一下，其实“诗歌(新诗)排行榜”这一概念与命名并非我本人的独创，类似的概念与命名(比如“小说排行榜”、“散文排行榜”等)早已在出版界出现与流行了。而从学理上讲，诗歌作品(包括其他文类作品)的确不好与不宜搞“排行”(排序)，因为审美趣味难分高下，这是一个常识。准确地说，“年度诗歌(新诗)排行榜”的实质含义就等同于“年度最佳诗选”，只不过一部诗歌选本被命名为“诗歌排行榜”，给人的感觉还是比较庄重与严肃的，或者说，给人带来一种荣誉感。希望这样能够消除对“诗歌(新诗)排行榜”这一说法感觉有些困惑与不解的少数诗界朋友的心头疑虑。总之，我以后对“诗歌(新诗)排行榜”这一概念的含义就不再饶舌了。在选诗过程中，像以往一样，我持一种尽可能严格而又相对开放的诗歌审美鉴赏与编选标准，以便不让好诗从我眼前“漏掉”，并在编选过程中尽力排除人情因素，将选出年度好诗作为自己的最高编选目标。考虑到书的篇幅与选本的定位，按照惯例，每位诗人最后只选出一首本年度的佳作在这部选本中“亮相”。由于视野所限，不少诗人的佳作难免被遗漏了，加之限于选本的篇幅，本书侧重收入精短作品，一些篇幅较长的品质优秀的诗章只得割爱，在此恳望能够得到诸位诗家与读者的体谅！

本书的编选，一如既往地得到了广大诗人朋友们的大力支持，在此恕不一一道出他们的名字。诗人们对于诗歌的不竭热情及与我的真诚友谊，一则给了我为诗歌继续工作的巨大动力；二则让我增添了对于新世纪诗歌的空前信心，在此谨向广大的诗人朋友深表谢意！借此机会，我要特别向北京师范大学出版社的马朝阳先生对我诗歌工作的鼎力支持表示感谢。马朝阳先生作为 20 世纪 80 年代北京师范大学及中国高校诗坛的风云人物，在大学毕业就职于北京师范大学出版社后，以理想主义的情怀推出了诸多具有文学史价值的诗歌选本，为推动高校诗歌及整个中国当代诗歌的发展做出了可贵的努力与积极的贡献。

在此，我对马朝阳先生及北京师范大学出版社的相关领导表示敬意！同时也对北京师范大学出版社具体负责此选本出版工作的孙祥君先生与责任编辑刘畅表示谢意！汪诗琴、刘君君、张云凤、王琦、苏明等同学在诗稿的录入及初步编排校对等方面予以积极协助，付出了不少劳动，在此一并致谢。

谭五昌

于北京京师园寓所

2014年7月